一張紙的奇幻旅程

游乾桂◎著
吳嘉鴻◎圖

一張紙的反思

——給父母（自序）

小說一直是我的最愛，尤其喜歡在夜深人靜時，躺臥床上，扭開夜燈，閱覽長河史詩般的故事，我也寫小說，而且愛寫。只是當被定義成專家之後，書寫的形制也跟著被制約成了一種心理學的橋段，即使努力想掙脫專業的包袱，依舊不可得，只能改用散文的筆觸書寫專業小品。

關於小說的書寫，我從未忘情，我的人生經歷中有太多故事像小說了，未能快意書寫的確可惜；可是時間有限，力不從心，難以舉棋擺譜。

同一時間，一些想與孩子談的觀念，透過父母皆很難成，原因是

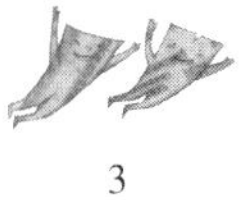

根深柢固的偏見，如何直接面對孩子成了我思考的問題。故事，或者像小說的故事，正巧浮現，這是我想及少年小說的開端，也是我發心書寫的起點。

德國小說家強調，故事取自經驗。至少對我個人來說，我喜歡這種論述，而且我的經驗格外豐富，足以強化故事的肌理。從小我就在山野長大，家中有果園，成了我的玩樂處所；暑假工讀，我選擇上山，包括雪山、梨山、武陵、環山等等部落，採桃、摘梨、收成蘋果，當林道工程隊員，讓我有機會長時間與隱於深山的神木相處，累積一些特別的情感。我很難理解高聳入雲、樣貌美麗、吸附煙塵、提供生物棲息的大樹，何以會被貪婪的人類摸黑砍伐，這些疑惑早早藏於心中，反芻沉澱。

在我成了爸爸之後，晚安故事成了我家的必要。時間一到，兒女們上癮似的，自動上床，等待我的開講，很長一段時間，成為我們家特別的活動。自編的晚安故事，多數是天馬行空，沒有劇本胡謅來的；可是他們卻很捧場，把耳朵拉得老高，聚精會神的聽著我的不合理的光怪陸離情節，並且嘻嘻嘻回應。這是《一張紙的奇幻旅程》的雛型，醞釀期長達十年。

我的故事慢慢結合一些經驗，被激發開來，愈是無厘頭的結局，打破常態的，孩子愈是喜歡，同時引發了他們的想像力，星空下與我一起馳騁。

後來我把它寫成了幾千字的文字發表出來，同時出版了一本很受歡迎的圖文小書《假如少了一棵樹》，榮獲當年的最佳環保好書獎。更長的故事被我鎖在電腦D槽之中，重見天日一度遙遙無期，終於在一次出版社的邀約中，我突兀的想及這些可以再發展的故事，一部分奇思寫成了《氣泡人》（新手父母出版），另一部分的妙想寫成了《爺爺的神祕閣樓》（九歌出版），並且保留一些幻夢繼續發酵。

至此我大約可以肯定一事，孩子喜歡幻想的故事，我觀察到情節愈是趣味橫生，孩子愈能優遊其中，我也從中得到難以言喻的成就感。用語言與人溝通是我的強項，如果能夠把這項才華化約成為文字，應該也很吸引人。

同一時間，我閱讀一篇關於黑猩猩媽媽珍・古德女士的專訪，原來的她，只想此生安靜待在森林，與那些靈長類動物共度。有一次她參與國際研討會，目睹其他保育專家拍攝黑猩猩被獵殺的畫面，牠們的棲息地被人為大量砍伐；因而改變初衷，決定離開她最愛的森林，創造保育的新方向，因而促成「根與芽」計畫的誕生，甚至寫成了與黑猩猩完全無關的《用心飲食》（大塊出版）一書，她在其中闡揚對環境與動物的友善。

全世界已有一百多個國家的民間響應，共有九千多個「根與芽」小組，單單臺灣就占了五百多個。她希望日益暖化的地球，能因森林的復育而得到喘息的機會，間接給黑猩猩更大的生存空間。

這篇專訪給我極大的撞擊，書寫的方向悄悄起了變化，我開始思考：寫書，抑或書寫有意義的書？《用心飲食》被我歸類為有意義的書，而非無病呻吟的文字，《讀者文摘》早年登過一篇作家紀沃諾書寫的《種樹的男人》（時報出版），這篇文章思考人與土地，人與自然的平衡關係，應該屬於有意義的故事。趁著過年春假得以賦閒休假時，我一口氣把《周三的謊言》（天培出版）一書讀畢，這本很有意義的小說，讓我更進一步理解鹿善繼在《四書說苑》裡所言的道理——讀有字書，要識得沒字理。

生物學家克勞瑟有篇關於自然天籟的研究，發現自然界的音律就像交響樂團，每一種生物都有其責任與位置，如同樂團中的大號、小號、黑管、鋼琴、大提琴、小提琴等等樂器，各自占有音域，諧和奏出樂音。可是當人為破壞大自然之後，這些聲籟就變調了，有些音域空了，職司其責的生物搬離了，滅絕了，不再演唱了，交響樂不再交響，克勞瑟更驚人指出，百分之四十左右的大地音域不見了，成了殘缺的樂團。

日本小說家井上靖寫著一本膾炙人口的小說《樓蘭》，他把樓蘭的滅亡定調成戰爭，後來的調查指向人為的生態破壞，大量的黃楊木因而致死，一個強大的國家就此走進歷史之中。生態的力量不可小覷，原來沒有了樹，人也不可能活得下去的。

藏於電腦D槽的一堆無意義文字，此刻毫無預警的重新閃爍飛躍出來，化約成了有意義的活泉，我大約知道這本書該怎麼寫了。

我把它取名為《一張紙的奇幻旅程》，它是老少咸宜的書，我站在一張被人伐下變身成紙的立場，反思人與土地的關係。神思妙想是它的基本元素，我利用有趣的情節，神妙的故事，精彩的過程，把我對土地環境關懷的種籽藏於書中。

這本書書寫的後期，日本發生規模九的強震，震出了人類的傷感，也震出人定勝天的迷失。如果不與海爭地，也許傷亡不會如此慘重；如果不刨山蓋屋，也許不會有土石流；如果不大量砍伐森林，或許不會有世紀病毒。這些已經發生的事件，在在點出環保問題的重要性，它已刻不容緩了，我們即刻需要教導孩子一套新的土地倫理觀。

我的書也許不具有這樣偉大的功能，但潛伏這樣的想望。

游乾桂

寫於閒閒居之尋夢樓

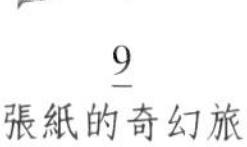

1

五柳書坊傳得沸沸揚揚的鬧鬼事件，始作俑者就是我。

每個星期五的黃昏，下班後的祕密約會，一直是我的期待。對象是一個小孩，臉上戴了一副時髦的黑色膠框眼鏡，身高一百四十公分，體重三十七公斤，笑起來有兩個小酒渦，說話帶著花蜜的味道……。哈，我幹嘛講得如此詳細，好像尋人啟事。根本不必這些特徵，我仍然一眼就可以看得出來，因為他是我的獨生子史金。我們通常先約在時鐘廣場前音樂舞臺下方的石階碰頭，牽手漫步到附設的溫馨咖啡雅座用餐，這個慣例維持了一段很長的時間。

這一天，鋒面來襲，天空灰濛濛的，綿綿的細雨像髮絲一樣，毛毛的，落了下來，帶著一點涼意。我依約到老地方等他，可是他遲遲沒來，我傳了一封簡訊，告知會先進書坊看書，請他逕自進來與我會合。

這間書坊採用胡桃木色系設計，高雅出眾，讀者受到尊貴的款待，吸引很多藝文圈的人士。我輕鬆自若進到書店，很熟門熟路的從書架上取出一本書，坐下翻閱。我注意到書的封面是一片墨綠色森林，樹木刻意製作成浮雕形式，摸起來非常立體，顯見出版社的用心。可惜如此精緻的書，乏人問津，外皮早裹著一層厚厚的灰塵，輕輕觸碰，一縷煙塵在透光中迷濛開來。

我有過敏的毛病，翻動這本年久未有人觸碰的書，灰塵飄了起來，立刻引爆奪命連環不止息的大噴嚏。離我不到一米處，一位穿著百褶裙的女士被我這個突如其來的動作嚇退好幾步，急忙用手摀住口鼻。我非常不好意思，用餘光偷瞧，她用了忿恨的、狠狠的眼光，白了幾眼。我嘴巴裡囁嚅著，又佯裝若無其事，把目光集中在書上，尷尬帶笑代替賠不是，她似乎沒有領情，轉身走人。我偷偷目送她走出書坊大門，才敢繼續閱讀，進而發現手中的環保書內容的確不錯，很有深度與見地，言之成理，可能是理論艱澀，難以咀嚼，才成了書店中的骨董書，我忍不住替作者抱屈。

「可惜喲！」

我嘴脣微微開合，心中嘀嘀咕咕。

「多可惜啊？」這就是我在書坊第一次撞鬼的情形，我完全可以確定幽冥的聲音，百分之百的存在，從書中的內頁彈跳出來，不偏不倚塞進我的耳朵，根本來不及思考，咔嚓一聲，手上的書便順勢掉了下來，差點打中自己的腳，反彈起來，擊中另一位身材曼妙的女士。雖然力道不大，但依舊惹火她了，以為我圖謀不軌，狠狠吐了一句：

「登徒子，冒失鬼。」

我一臉無辜，彎身拾起，拍拍書上沾黏的灰塵，心想這種事一連兩回，真是有夠倒楣。

就在這一刻，史金滿臉通紅，氣喘噓噓，滿頭大汗找到我，已迫不及待講述半小時前發生的事。形容自己是個很有愛心的人，護送一位步履蹣跚的老爺爺走過斑馬線，甚至好人做到底，乾脆送他回到家。老爺爺的家人留他下來一起吃晚飯，他意思一下用了幾口，就趕過來與我會合了。

剛剛的尷尬被這件愛心的事稀釋了，我們一起下了樓，點了一客滑蛋牛肉麵，開心吃了起來。

沐浴更衣之後，我忽而想起書坊的鬼事件，一五一十告訴史金，他反而氣定神閒，雙手托著下巴，聚精會神閱讀他的童話故事書，連頭也不抬，只用眼角的餘光，帶點善意，微微點點頭，輕聲的說：

「可能是真的！」

莫非他也見過鬼？否則怎會沒有大驚小怪？瞧他一點也沒有興

致，我倒頭就睡了。隔天，我再度光臨書坊，隨機從書架上取出一本書，我選中《彷彿看見我》，好巧不巧，這是一本我很愛看的小說，張力十足，看似無關的情節，在作者巧妙的布局之下，絲絲入扣。我翻了幾頁，便無法自拔的，一頁頁讀了下去，忘了找鬼才是真正的目的。

我讀得入神，隨著作者明快的節奏一字一行滑行時，黑白鑲嵌的字竟然有如琴鍵輕快跳動，很有音樂韻律。一雙水汪汪的眸子，出其不意的，從書中拉長出來，眼珠子轉了三回，眨了眨，骨碌骨碌幾圈，對我擠眉弄眼，咻的一聲，躲回書中。雖然我講了這麼久，事實上只有三秒鐘。

我的靈魂差點嚇得出竅，起初我懷疑自己眼花，畢竟有點歲數了，書中的文字像蚊子一樣跳來躍去，算是很正常的事。

我問過幾位與我年紀相仿的朋友，他們一口咬定，那叫飛蚊症。

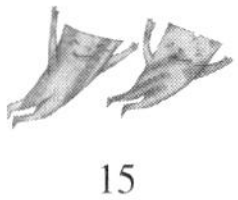

2

除了史金之外，我不敢與人討論撞鬼的事。我猜想得出來，他們鐵定會懷疑我的精神狀態，甚至建議我去看精神科。

我因而築了一堵心牆，還挖了一條護城河，乾脆忘了這檔事算了，可是好奇心催促，真想查個水落石出。間隔多日，我還是鬼使神差再度走進書店，閱讀那本書的精彩結局。書店裡放置一張特製的、味道清香的樟木椅，這些日子以來，它一直被我霸道獨享，成了專屬椅，香氣很濃，經常不留神就飄進眼耳鼻舌身，心曠神怡。

極端氣候已近煩人程度，季節不分，夏天很涼，秋天悶熱，時序全變了。根據環保專家的說法，就是造孽，我們砍了樹，讓它失去調節氣候的功能，最後受害者還不是人類自己？一定是這種怪氣候使我老是難耐倦意，沒讀幾頁書，眼皮就不聽使喚，蒙周公召喚，昏昏欲睡起來。半夢半醒之間，常有窸窸窣窣的聲音穿耳而入，有時甚至感覺有人在搔我癢。

「你想幹嘛？」

清亮的吼聲，嚇著很多閱書人，他們同一時間猛然轉頭，睜大眼睛，盯著我上下打量，我困窘極了，拔腿逃離現場。

「怎麼還在家，不去書店呢？」

兒子明明知道我剛從書坊狼狽不堪的逃了出來，他依舊忍不住消遣我。

「你管不著？」

我有點惱羞成怒，沒有好口氣。這麼一來，正中史金的計謀，他笑得在地上翻滾，說我缺乏肚量，一點玩笑都開不得。

「這不是玩笑，而是尊嚴。」

我義正辭嚴反駁，史金笑得更誇張。

書坊的魔力驚人，愈是刻意繞道，走著走著依舊自投羅網。可是進了書坊，按例的又是瞌睡連連，讀不上幾頁，很快就鼾聲震天。接著吹氣、搔癢的鬼就登場了，一股瑟瑟陰風，很從容地從衣領滑了進來，背脊透涼，有如黑白琴鍵的文字，飄來移去，快速挪移，慢慢的，慢慢的，浮出一張擠眉弄眼的笑……鬼臉……。

「有鬼啊，真的有……鬼啊。」

五柳書坊被我不斷的攪和胡搞，書店開始在我大駕光臨時，出現看熱鬧的人潮。我幾乎成了知名人物，很多人與我合照，史金不懷好意的把這段故事說成鬧劇，自編結局，說我後來被捉去警察局問話，依公共秩序維護法扣留了三天，罰處勞役，罰掃公園落葉。真虧他想得出來這類的罪名，但保證非我教的。

喜歡穿著連身洋裝、略施脂粉、笑起來露出兩顆虎牙的店長，很客氣的把我請進辦公室，遞上一瓶知名的提神飲料，很溫柔的詢問我，是不是工作太過操勞？她清一清嗓門，很正色的告訴我，如果有需要，她願意為我特別開闢一間獨立閱讀室，以免打擾他人的安靜閱讀，最後不忘面帶微笑提醒：「記得帶鎮定劑。」

我不敢吭聲，默默點頭微笑，可是心裡極為不爽。分明笑面鬼，罵人不帶髒字，當我是精神病人啊，我發誓不會再來這個鬼地方。

書坊悄悄張貼一張明顯的告示：

如遇精神不穩定的傢伙，請包容，並且報告店長。

註：本店絕對沒鬼。

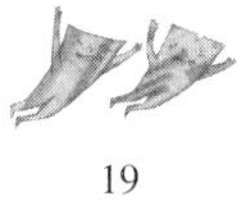

3

鬧鬼的事反而成為活招牌，生意加倍興隆，附設咖啡屋經常高朋滿座，嬉笑論鬼的人倍數增加。

這家素有人文書店雅號的書店，未因人文得名，反而因為鬧鬼的事成為話題，被好事者暱稱為鬼書店。電視臺的靈異節目趕流行來取景，架設高科技紅外線顯微攝影機，準備找尋鬼蹤跡，讀者在網路裡號召，成群結伴起鬨到書店探險。

活見鬼一事因而成了我的綽號。

「就是他！」

我一直覺得書店的客人暗自地對我指指點點，有點如坐針氈。史金並不在意，反而覺得我成了名人，抬頭挺胸跟在一旁，一副面子十足的模樣。

有一次，我們同行看書，他偷偷指著一本書。他分明的、一點不假的，看見兩粒眼睛，從書頁的隙縫滑了出來，轉來轉去，而且發出聲音，音量細微，呼著大氣，有點溫度，對著他說：「進來玩玩嗎？」這句話我光聽就頭皮發麻，打起寒顫，我把嘴湊近史金的耳朵：「信了吧，我就是看見這隻鬼的。」

我倆心照不宣，彼此都很清楚，想把這間書坊的鬼事查出端倪。經常美其名去找資料，事實上是把自己想像成偵探，找出一點蛛絲馬跡。史金為了找鬼，居然展現一點小聰明，晚上經常獨自一個人把房門鎖起來，根本不知道他要做什麼？出門時一定將房門上鎖，連我也進不了。之後，有一晚，信誓旦旦的向我宣告，他發明了兩款捉鬼利器，一種叫做熱鳴器，能偵測到極微小的熱能，發出嗡嗡聲，顯示位置。我拿它來試用幾回，根本不管用，他回嗆我，說我體積龐大，熱

能太高，破錶了，並不適用。

另一種叫做閃影器，可以拍下肉眼看不到的百倍、千倍的細微影像，並且馬上發出蟬鳴聲，傳回訊息。

這兩樣祕密武器，我想根本是唬人的，胡謅的成分很大，可是史金不准我笑，強調兼保證有驚人效果。

五柳書坊的店長很敏銳的嗅出商機，親手製作一張鬼海報，歡迎好事者找碴，見鬼有賞，並且整理出與鬼有關的書籍，放在最醒目的位置，成了鬼專櫃，進門的感應器改成鬼音樂，噱頭十足。

學究型的文人氣得眼冒金星，高聲嚷嚷五柳書坊變質了，抵制聲浪不斷。這間書坊的確很有來歷，建築是一間考究的英國都鐸式風格，百年古厝，樓層挑高，水銀燈垂掛有如童話屋，屋主的後代決定讓古厝新生，花費心力變身，使它成了當地的文化地標，就是現在的五柳書坊。主屋旁邊附有亭臺樓閣，小橋流水，兩株紫藤交纏，紫花盛開，其中一棵曾經被閃電擊中，裂開一米深、三呎見方的樹洞，成了咖啡屋地景。池畔種有五棵垂柳，因而得名，柳條隨風搖曳，擺盪生姿，錦鯉戲水，優遊其中。

時鐘廣場的報時鐘表演秀很有看頭，人偶逢點會從洞中竄了出來，表演正點橋段，內容精彩極了，共有十二幕，十二個鐘點正好一齣完整的戲劇，一天輪流兩回，生動活潑有奇趣。我常與史金依著咖啡屋的紫藤老樹而坐，一口口吃著簡餐，靜靜欣賞時鐘劇。保守估計，書店中約有十萬冊藏書，都是現任店長精挑細選的，人文、藝術、哲學、環保與教育的居多。

現在被我謅成鬼書店，店長還登高呼應，難怪很多學者失望透頂。

4

搬家的事，箭在弦上，可是我一直守口如瓶。入不敷出的經濟現況讓我陷入窘境，其中最難言的理由是所租的公寓面臨拆遷，一時半刻找不到便宜的新房子，即使找到了，租金也貴得多。我盤算新的租金與開銷，實在無力在這座尊貴的城市中獨力撫養史金，家鄉的朋友正好捎來訊息，老家附近的野地公園在招考巡山員，那是我的興趣，最好的歸宿，我偷偷跑去應徵而且幸運被錄用。

我終於把喬遷的決定告訴史金。

「我……我……。」

起初如鯁在喉，吞吞吐吐，真的說不上來。

「我……我們要搬家了，暑假結束前……」

史金的反應出奇平淡，沒什麼情緒，很平和的，彷彿早知道似的。他只淡淡的提出一個要求，讓他把捉鬼的夢想完成，在搬家之前擁有一段特別的回憶：「我還要住書店！」

有沒搞錯，我講的是搬家，他卻想要離家出走住進書店？

它可不是旅店。

我重複問幾遍，確定他指的就是書店，而且有點急迫，希望隔一天就成行。

他根本不等我的應允，便逕自走進房間整理衣物了，看來是玩真的。他小心翼翼打開抽屜，收拾起體積很小的熱鳴器與閃影器，把背包背起來，試試重量，狀似滿意；走出房門坐到沙發旁，離我一尺的地方：「明天你來掩護我。」

他下定決心，而且非去不可，我怎麼可能放心，鬼咧？一個小朋友獨闖鬼窩，肯定有風險的，史金搖搖頭，表示沒有危險。他說自己的第六感早就接收到來自書坊中的鬼訊息，具有非常高度的善意。

鬼扯！原來鬼扯兩個字的用法與時機是這樣來的。可是，開什麼玩笑，他怎麼確定鬼的善意？別說同不同意，單單一個小蘿蔔頭混進書店過夜就是高難度，我陷入兩難之中。可是這個孩子的脾氣與他的爺爺一模一樣，堅持到底，不會妥協的。我好說歹說，最後只好屈從，答應陪他一起演練一個定名為「紫藤行動」的遊戲。

我的確當它是遊戲，希望他可別真的遇見鬼。我使勁的、用力的想，神奇的想到咖啡屋的百年老紫藤、雷神打破的樹洞，可能是執行任務的好地方，緊鄰一張咖啡桌，可以當成掩護，打烊前藏身樹洞也許可以搞定。

隔天傍晚，我們便一身便服進入咖啡屋，點一杯熱桔茶，隨意聊聊天。

「你怎麼不問搬家的事？」

我有些好奇，他的反應為何出奇冷淡。

「我早知道，而且你的決定都是對，我沒什麼好擔心。」

史金的神經線粗中卻帶著細，心思細膩，嘴巴甜蜜蜜的，即使他說的是應酬話，我都麻酥酥的。當晚八點十分，機會來了，原先坐在樹洞旁的客人起身結帳，史金馬上一個箭步火速換桌，加點一杯蔓越莓汁。

咖啡廳非常準時，九點前關店前還會播放一首歌聲甜美的〈離歌〉，要求客人散場，歌詞中有一句：「離人一定要準時離開，要離不離也得離。」真是爆笑，我利用最後一分鐘把史金推入一人深的樹洞，黑漆漆的，真是神不知鬼不覺。

結帳後，我向黑暗中的史金眨眨眼，逕自離開五柳書坊咖啡廳，沿著我們熟悉的一條城市幽靜祕境走路回家。這是一條祕密通道，彎過五色光芒閃耀的都市叢林，眼前彷彿城市幻景，潺涓低唱的野溪緩

緩流過，一棵千年老樟樹纏繞包裹巨石，水流猛然下切二十公尺深，形成一條宛如長龍的瀑布，發出隆隆水聲。我若有所思的坐了下來，心中全是惦念；畢竟史金只是一個小孩子，我怎敢讓他冒險？

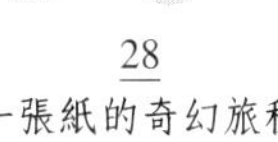

5

我在床上輾轉反側，睡得很不安寧；在書店咖啡屋的史金，同樣翻來覆去，滿腦子想的不是鬼事，而是如何度過這一夜？紫藤樹洞睡起來既窄又小，根本無法轉身，實在難受。全身麻痺，痠痛難耐，史金乾脆爬出來，睡在草皮上，以天為衣，星月當被，以草為床了。

史金可能有戀床症，即使微風徐徐，依舊睡不著，他數了一夜的羊，這招行不通，改採我教過他的自我催眠術也不行，真是苦惱極了。嗡、嗡、嗡的蚊子添上一筆，擾人清夢，每一隻都像神風特攻隊員，毫無預警的向下俯衝，猛力叮咬，大腿被咬得紅點斑斑，長出包包，奇癢無比。

斷斷續續纏鬥一夜，醒來時，天光早已明亮，第一道刺眼的陽光灑落，手上的腕錶指著六點三十分，他趕緊起身偷偷藏身樹洞。

再過不到十分鐘，書店與咖啡屋的工作人員便陸續打卡進來上班。史金躲在樹洞，利用縫隙仔細觀察他們的一舉一動，想找個良機現身。原來咖啡店的準備工作這麼繁瑣，這下他可開了眼界。七點鐘開始營業，客人魚貫入內，他趁著這個機會偷偷摸摸爬了出來，找了一個位置坐定，點一客香噴噴的早餐，包括一杯熱牛奶與酥脆的蔥油餅大快朵頤。

店門剛開，我就迫不及待入內尋找史金，渾身上下檢查一遍，深怕他缺了點什麼。史金有些不耐煩，一直希望我別把他當孩子看待。還好，除了被蚊子叮咬得滿身包之外，氣色不錯，沒有異樣。他說得很有骨氣，要我沒事不必時時刻刻探視他，多用簡訊聯絡即可，不用憂心，因為他已經長大了。哈，這分明是笑話，小學都未畢業，怎麼算是長大呢？

我不想與之爭論，用完早點，說拜拜，起身上班。我的離職已經生效，正在做最後交接，我想完美的把工作交給下一位接班人。臨走之前，我告誡他不得在書店中作怪，要做個有家教的小孩。他點點頭示意我可以快走了，便潛進環保書屋。

我留意到，史金的眼睛紅得像兔子，眼皮在與我說話的同時，一目不受控制的往下垂，看來前一晚的書店之旅，並沒有想像中安逸、快樂，可能很辛苦，我因而猜想他熬不了幾天的。

史金在冷氣的催眠助陣下，很快進入夢鄉。應該沒過多久，一個高度只有二十公分，厚度只有零點零一公分，薄如蟬翼的影子立刻闖了進來。身體不到零點零一公分厚，就像一張紙，眼睛眨呀眨的，嘴巴張呀張。史金集中耳力，依舊聽不清楚講些什麼。就在這時，低

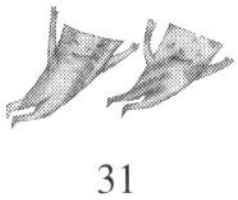

頻熱鳴器出現微妙的反應，聲音細細的，很微小，顯示附近有怪物；帶點熱能，閃影器咔咔一聲啟動閃光。史金驚醒過來，大喊一聲：「誰？」

他坐直身子，目光四處游移，頭還有一點昏，直覺虛幻與現實交錯。他揉揉惺忪睡眼，搖晃幾下，乾脆站了起來，安靜的氛圍突然被一張笑咪咪的人臉打破。史金本能嚇了一大跳，原來是和藹可親的店長，問他：「需要幫忙嗎？」

史金大概是睡得太沉了，嘴角止不住流出大量口水，差點把書店的新書滴出難看的漬痕。店長趁他熟睡之際，把書緩緩取下，置於一旁，並且好心的提醒史金，以後如果想睡，就把書先放下，別抱著，口水就不會把書沾濕，否則會把書裡的字嚇出一身冷汗。

嗯？這話怎麼聽起來怪怪的，與我所見的一模一樣，要不是店長幽默，就是她早早知道書中藏鬼的事了？

也許想太多了，她應該只是好意，店長說了一長串客套話，便逕自走出環保書屋，順手把西晒的窗簾拉上：「秋冬的太陽還是有點熱，我把它拉上了。」史金這才注意到，他已睡到傍晚了，落日霞光慢慢滑了下去，斜角正巧把金閃閃的餘暉引了進來，有一點刺眼。

史金對著店長尷尬陪笑，當店長前腳走了出去，他拾起包包，後腳跟著跨出，準備到咖啡屋用晚餐了。

6

樹洞中的一夜難受極了，史金不想重蹈覆轍。他早在店長上鎖的前一刻，就已經藏身穩妥，大門咔嚓關上，他已藏身書店了。店內那張我特愛的樟木椅可以側躺著睡，還有一張更大的藤椅，足以容納史金小小的身軀一夜好眠。他閉上雙眼，馬上聯想起幾年前與我一起上太平山露營，從頂部透明的帳篷仰頭凝視，天空星羅棋布，明亮閃爍，宛如一條銀色長河。

前一夜根本沒睡好的史金，是夜無力探險，早早就見周公了。好幾回被噩夢喚醒，雙腿猛攻，彷彿要踢開惡靈似的，無法入眠。起身張目四顧，他有一股強烈的感覺，相信附近有東西，發出窸窣的聲音。有幾次，他躡手躡腳走了過去，大約近到一米左右，聲音立刻停止，這樣連續多回，一個鬼影也未碰上，終於累到眼皮沉重，即使下半夜有任何怪聲音，他也起不來了。

天光初亮，史金做了最後一個夢，一棵如假包換的大樹飛閃進來，樹身龐大，幾乎伸出夢境之外，四周矇矓，霧氣甚濃，泣訴身世：高大紅檜，腰圍需要二十七人張開手臂才能環抱，六十公尺高，外表油亮，看來就知道很健康，枝葉茂密，樹頂高處分岔成V字形，隱隱約約有一組數字寫著三千歲了，應該是神木的年齡吧，它自稱老葉……。

史金使力的揮開夢境，大聲吼了一句：「別煩人！」

他的雙手不停的在空中揮舞，聲嘶力竭的吼叫，並且用力想張開沉重的眼睛，可是無論如何，就是掙扎不了束縛，眼皮依舊沉甸甸的。史金的夢境浮現出一座雲霧縹緲的山中湖，水質澄澈潔淨，宛如上帝失手掉下凡間的明亮藍色鏡子，波光粼粼，神木的影子倒映水

中，水鴨在湖中滑行，悠遊自在，泛出陣陣漣漪，景致煞是美麗。

雲朵上演變妝秀，緩緩聚攏過來，慢慢化去，再飛掠而過，氣象萬千，幻化無窮，有如人間仙境。

……

史金在醒來的一刻，清楚看見神木被打成紙漿，壓成一張紙，藏身在一本全身古銅色，書名鎏金底色鑲邊，透著香氣，厚度約莫二百多頁，定價二百五十元的環保書中。

書名閃了一下，不太清楚，史金身體抽搐了幾下，眼睛慢慢張開，猛力彈跳起身，這時候天已大亮。

史金的邏輯思考很有條理，他歸納出一種可能，鬼的前世是一棵樹，後來被砍伐製成紙漿，現在是書中的一頁。哇，賓果，他對自己的聰明才智感到自豪，覺得推理合理，而且相信這棵樹，活著的時候，叫做葉子，現在應該叫做頁子。他在第一時間，興奮的把他的推理結果發成一封簡略的信。

有鬼，它是大樹。

內容真的很無厘頭，我只當它是一則笑話，沒太過搭理。事實上這樣的推理說得過去，我只是心服口不服罷了。

他所形容的山中湖，如畫一般鑲嵌腦海，直覺很像故鄉的幻影之湖，童年常與友伴越過一座山，悄聲踏入森林，經常嬉遊忘歸，記憶中附近有七、八十棵，或者近百棵神木吧，每一棵都高大穿雲。

史金一直沒什麼進展。同一刻，搬家的事已經刻不容緩，我忙得焦頭爛額，沒空去問他的進度，只要求他寫日記，最好寫成故事，當我們搬到新家時，能夠花時間把它編成童畫書。可是史金有意見，他強調這不是故事，而是真實的，有一棵樹被人切成碎片，現在成了五

柳書坊裡的一本書中的一張紙。

我怎麼相信呢？

有鬼也許可以半信半疑，把鬼故事編成光怪陸離，誰聽也不會相信的，他的說法太過古怪了。

我回了他一封圖文並茂的簡訊，說明遷居進度，待在書坊的最後期限；最好在這之前盡快查出結果，回家整理自己的用品、玩具，打包妥當，準備出發了。書店找鬼的事，我壓根兒沒有什麼期待，可是我錯估史金，他很認真的把它當成很正經的事來辦，而非遊戲。

史金入夜傳來一封簡訊：「如果今晚再沒有特別發現，明天保證、肯定，加上絕對回家。」

7

昏暗的天空，渲染開來一層厚厚的烏雲，連一顆星星也看不見，史金躺在藤椅上像煎魚一樣，翻過來翻過去。半夢半醒之間，突然感覺有樣東西在他臉上摸來摸去，形狀扁扁的，體溫涼涼的，身子滑滑的，很柔軟。他驚慌醒來，張開眼，差點嚇出一身冷汗，一雙骨碌碌的眼睛，貼得好近，如假包換的，栩栩如生，就像一個人。

史金揉揉眼睛，小腦袋瓜晃了一下，清醒過來。

可是，剛剛瞧見的眼珠子呢？

怎麼不見蹤影，他猜想依舊是夢一場吧，可是卻又如此真實。

史金充滿狐疑，心裡想，敵暗我明，還是得提高戒心。他靈機一動，決定扮演守株待兔的獵人。

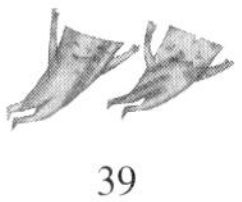

藏身何處最好？

五柳書坊有一間聞名遐邇的頂級廁所，很多人慕名排隊上門洗手，據說是五星級的，店長用盡巧思把它布置得宛如藝廊，美輪美奐，四處掛滿畫作，每一個角落都擺上香花，桂花、含笑、玉蘭一字排開。史金半掩著門，臉貼著隙縫埋伏偷窺，這一刻，天空的雲緩緩散去，月亮皎潔高掛，銀白色的光芒大方灑落，黑白光影頓時交錯，很有藝術氛圍。

四周一片死寂，氣氛持續發酵，異狀終於發生了。他看見月光下出現一個矮小的影子，站在閱讀桌上，樣子跟夢中一模一樣，約莫二十公分高，零點零一的厚度，長得亂蓬蓬，像極了紙片人，頭微微仰起來，彷彿陶醉在花香之中。史金清楚看見，這是一張紙，印有鉛字，寫著第七章，頁碼是九十九頁，章節名稱是「森林的祕密大逃亡」。

「嗯、哦……」

史金害怕嚇著對方，輕輕發出幾聲乾咳。但是風不給面子，猛力把門板重重關上，碰的一聲，紙片人彈跳起來，一溜煙躍進書裡。史金眼明手快，一個箭步，發現紙片人藏身的書就是那本泛黃的《毀滅的森林》，他翻開第七章，九十九頁，可是什麼也沒發現。

正當迷惑之際，眼前的一頁，竟在他眼前活生生飛了起來，鑽進書架底部。史金被這一幕嚇一跳，強作鎮定，他逐一搜查，四處打量，彎下身子，可是這一頁紙藏得真好，毫無所獲。他傳了一封急急如律令的簡訊，問我如何是好？

我用半開玩笑的口吻提醒他別操之過急，這樣會嚇著對方。

「你覺得會不會很像警察追捕罪犯？」

「很像。」

史金自覺冒失，執行過程有待改進，便刻意停了下來。

「要很有善意才行？」

我根本以為他在說笑，收拾了一整天，累慘了，實在沒有心思陪他玩，只好隨便唬人一下。我關上手機逕自睡去，史金並不死心，假寐著，眼珠骨碌骨碌不停掃描，意外發現書櫃的頂層，與一雙大眼睛巧遇，黑白分明，泛著笑意，無攻擊性的。

對望約莫五秒鐘，史金笑出聲來，輕聲說一句：「嗨！」

史金這回看得可仔細了，小小的身材，明亮的五官，滿身的字。就在史金以為時機成熟準備站起來時，那張紙咻的一聲，一溜煙，再度飄走，鑽入另外的一本書中。這一次，他不再粗手粗腳，而是緩慢的走到書櫃的位置，取出那本書，很輕柔的打開：「相信我，我是沒有惡意的。」

瞬間，書中的文字突然變得模糊，彷彿亂碼，慢慢的，左邊數來第三行、第八個字浮出一個「你」字，第六行的第三個字跟著浮了出來，它是「不」字，第九行的第八個字與第九個字同時浮出，它們是「傷害」，最後從第十四行的第七個字浮出了「我」。

「你不傷害我」？

這句話並不完整，文法不順，但史金可以判讀出這是紙的疑慮，它想問，會不會被傷害？

史金笑彎了腰，很誠懇的面對書再三保證：「出來吧，不會傷害你的。」

紙張笑了，史金見證這一幕，大約半分鐘，令人嘖嘖稱奇的畫面出現了。那張紙奇蹟似的從書中跨出了第一步，他突兀的想起了一句話，你的一小步是人類環保的一大步，想畢，史金也自覺好笑起來。

紙片人一個箭步，身手乾淨俐落，一個蹬跳便上了平臺，史金跟著一躍而上，與它肩並肩，一起仰望穹蒼。它吐出一口幽怨的氣，開始一段綿長有如長河的故事：「我的前世是住在深山森林湖泊旁的老神木，山老鼠利用暴雨如注的漆黑颱風夜，拉開長長的電鋸，把我砍斷，截成數段，分批載運下山。一些殘枝，不小心被打成紙漿，製成紙，成為書中的一頁，就是現在的樣貌。」

紙片人的聲音明顯沙啞，帶著迷人的磁性，配上一臉愁容，顯得格外悽愴惹人憐，史金完全沉陷在哀傷之中。

8

幾天來的氣候一直陰晴不定，厚重的烏雲，一朵朵飄了過來，有點山雨欲來風滿樓的預警。果不其然，氣象局最新一報，把颱風「山鼠」的強度，由中度修正成強烈，而且方向掉頭，偏西朝著陸地挺進，看來狂風暴雨很快就會到來。

「我不怕！」

頁子顯得十分自豪，它以前可是一棵不折不扣的巨大神木，風狂雨劇的颱風，對它而言簡直就像洗ＳＰＡ，舒服得很。可是話鋒一轉，它便有些哀怨，現在的它成了一張紙，也許連一滴水都有些怕怕，濕透了皺成一團搞不好就成了廢紙，下場是被送進資源回收場，賤賣成五毛錢一斤，最後化成紙漿，能否再輪迴也就不得而知了。

「現在很怕。」

頁子嘴角微揚，露出淡淡的苦笑。它鐵口直斷，書店是樹木墳場，書名是墓碑，記錄著一段人類不光榮的伐木史，書的數量有多少，人對樹的殺戮就有多深。口氣夾帶著大量怨氣，史金聽得禁不住打起寒顫。

人與紙卸下心防，天南地北聊著，史金忍不住隨口問問頁子有何夢想？

頁子沉默了好一會兒，仰頭望著天，倒抽了一口氣，一字一句的說：「很想離開書店。」

暴風的聲音此刻愈來愈清楚，呼呼呼的，淒厲的怪聲有如鬼魅，史金不由自主寒毛直豎；頁子倒是輕鬆，側耳聆聽，輕聲哼唱。由風勢研判，颱風應該非常迫近陸地了，我當然不放心，猛傳一則則急急如律令的簡訊，催促史金趕緊收拾回家，我一會兒就去書坊接他。可是他一口回絕，老神在在的，一心想留下來陪頁子。他直言問道，可以這樣對待朋友嗎？我被他質問得啞口無言。

頁子隱身五柳書坊的這段日子，曾不止一次想著，一間偌大的書店不可能只有它一張落難的紙吧，理論上應該還有一張、二張、五張，甚至更多，它用盡辦法想誘使它們出現，卻徒勞無功。可是這次它有預感，一切會不一樣，颱風天是千載難逢的機緣，絕對機不可失，尤其客人遠比平常日來得少，空空洞洞的，紙張們或許會鬆弛警戒，勇於現身。

它摸摸腦袋，絞盡腦汁想起來一事，以前在森林中，樹與樹之間的溝通，使用的是樹語術。簡單來說，它是集合風聲、雨調、味道、氣流、樹葉的沙沙聲，以及大自然雷電及化學元素做為導體，年長的樹木都懂得怎麼傳送，可惜次生林長大的樹木恐怕就只能聽懂一些，根本不知如何發送了，頁子很想試一試這個神祕語言。

颱風夜，頁子像個老祭司，口中唸唸有詞，手勢古怪，手舞足蹈起來，配合嚕嚕嚕的怪聲，向天空發送符號。史金根本看不懂，覺得滑稽，最終隱忍不了，噗哧笑了出來，口水濺得滿紙都是，嚇得它猛力拍落口水漬：「口水不可亂噴，濕淋淋就慘了。」

史金對自己的失禮舉動感到抱歉，頁子不介意，低下頭來繼續狂唸樹語術，語調很像咒語：「U76n，Eg6，6^^?」

什麼意思？

「此人安全，自己人，出來吧。」

史金現學現賣，發送帶著善意的話：「U76n，Eg6，6^^?」

寂靜的夜，連一根針掉下來的細微聲音都可以清楚聽見，他們輪流發送五次，怎麼也得不到回應，頁子非常沮喪，決定暫時休息。

「收攤了。」

史金等得有點發慌，發號睡眠令，頁子腦袋慢慢渾沌起來，眼皮沉重，一個翻身，便鼾聲震天了。

半夜裡，史金被一種悶悶的、像呼吸聲的音律吵醒，吱吱吱、咯咯咯的；頁子同一刻被擾得睡不著，一個翻身坐了起來，將身子移到史金身旁，環目四顧，依舊什麼也沒見著。

「可以出來嗎？」

史金試探性的一問，沒有得到回音。

「我們不會傷害紙的！」

等了一刻鐘，安靜依舊。史金猜想，也許人心叵測這件事，在紙的世界早傳開來了，沒有十足安全把握，估計不會現身的。

既然醒來，又睡不著，乾脆聊聊天。頁子細說五柳書坊的所見所聞，有趣的、好玩的、爆笑的……。

對於讀書人，頁子觀察出一點小小的心得，添得一番妙解，它說

知識分子比較像知識糞子，此話一出，史金差點笑彎了腰。

這一夜，聊出了一段超時空友誼。

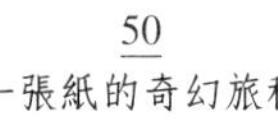

9

狂嘯的暴雨在下半夜毫無預期的突然止息，原本的導引氣流神奇消失，颱風在海上停滯不前，威脅暫時解除。

這一夜出奇的藍，有如精靈般，很不真實。躲藏在雲層後頭的星星全都約好似的，跑了出來，眨呀眨的，像閃爍迷人的眼睛。史金與頁子過了一個平靜且浪漫的夜，他像一個愛聽故事的孩子，聽著頁子說著森林趣味的事，聽著、聽著，竟迷迷糊糊睡著了，醒來時，天光已泛著魚肚白。

一整天的氣候怪到難以理解，時而豔陽高照，時而落起大雨，颳著淒淒的風，讓人很不舒服。直到傍晚，狂風再度大作起來，轟隆隆的，最靠書坊邊的大樹搖得很厲害，雨珠有拇指大，強力襲擊窗戶。

店長一時失察，忘了關上其中一扇窗，風雨毫不留情從隙縫竄了進來，頁子帶著玩笑的口氣說：「店長應該患有老年痴呆症，否則怎麼可能忘記如此重大、危及書本安危的事。」

颱風天，書店裡冷冷清清，客人稀稀落落，少得可憐。工作人員繼續忙於防颱，這樣一來無疑提供頁子絕佳的機會，不必老是縮頭縮尾，偶爾可以找出空檔放風，根本沒有人發現。

當晚，店長決定提早關店，她交代了一些事，並且宣布，隔日是否上班，由人事行政局發布消息決定，員工陸續下班，店長上了大鎖，人消失在風雨中。

「嗚。」

「哇。」

「咧。」

「咕。」

……

……

書店內突然喧譁起來，伴著一回再一回的驚聲尖叫，頁子心知肚明發生什麼事，提醒史金：「真的有紙。」

頁子不間斷發送樹語，大約是被人同化太久了，其中夾雜著大量人類的用語：「vhyf，u##，##，雉陶厧。」讀起來有些不純正了。

第一團黑影，在它發送樹語之後沒隔多久出現，姿勢像飛，迅雷不及掩耳閃身而過，又躲起來。頁子一眼就辨出，這是一張二十五開的雪銅紙，滑溜溜的，光潔明亮，彩色印刷，應該藏身一本豪華版的舞蹈類的書中。這張紙費力抖落身上的水，左拍，右搖，前傾，後斜，跳起《華爾滋》。

頁子隨著律動哼唱，口中輕聲喊著，二二一，一二二，一二一……，史金情不自禁跟著舞動，即使是風中的夜裡，微小的聲

音也會被刻意放大，紙張聽見和音，瞬間收起舞步，咻的，躲進另一本書中。

「〉〉↖」

這則樹語翻成人話叫做媽媽咪呀，恍若被驚嚇到了，這一張紙箭步竄回《華爾滋》，另一張紙竄了出來，躲進《生態倫理》，再跳出，滑入《祕境森林》……，玩起大風吹的遊戲。

「這下可好，我有新的紙朋友了。」

史金吃味，提醒它：「莫忘老友，我們可是認識三天了喲。」頁子斬釘截鐵，拍胸脯保證：「怎麼可能，我還要靠你咧。」

頁子轉動著骨碌碌、澄澈的大眼睛，仔仔細細打量四周，吞了一口口水，清清嗓門：「我叫頁子，還有我的人類朋友史金，一個好人，不會傷害紙的，我很想見你們……。」

史金聽得酥麻麻的，心想，非得這樣介紹嗎？頁子講了一堆莫名其妙的人話，陳詞慷慨激昂，模樣很怪。時間在安靜中消失，終於有一張紙打破沉默，從文具鋪的角落緩緩走了出來，身上明顯被水淋到，濕漉漉的，也許是水珠過多，把它壓得有些駝背。頁子緩緩的把身子靠了過去，一把扶起了它，史金取出衛生紙，替它吸乾水分，並且提醒它陰乾就沒事了。

「我等你好久了。」

頁子的這句話，讓那一張紙感動得眼泛淚光。它叫奇奇，模樣清秀，泛著藍光，眼睛雪亮，看來保養得氣色不錯，面光紅潤，很有精神。它屈指一算，比起頁子早兩年住進書店，隱身於環保書房，質地是再生紙，家住《生態倫理》，按它的說法，這是一本有意思的好書，大意在寫人與人、人與土地、人與環境的事，封面有一堆殘雪，夕陽餘暉露出金黃色光芒，把森林照成霞光四射，畫面唯美。

10

風雨故人來，真是開心。

頁子與奇奇有如久別重逢的老友，在書店的一角席地而坐，整夜暢談，卻冷落了史金。

窗外的暴雨加劇，時而轟隆隆的，宛如山崩地裂很嚇人，但窗戶內卻很溫馨，紙張聊得可起勁，完全不理風雨。它們不約而同談到人類，兩張紙都很有意見；奇奇遇過一位繡著名校學號的大學生，怪裡怪氣的，狀似慌張，偷偷摸摸，幹壞事一般，翻開書，仔細讀，口水在嘴巴裡不停打轉，噁心極了。奇奇好奇的把頭湊了過去，發現他目不轉睛盯著雜誌中的清涼照，幾近色情狂。

奇奇無意間發現一種怪現象，附近的上班族常在午間集中在五柳

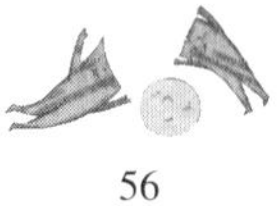

書坊，但不是來買書的，而是把它當成休息區，歇歇腳，吹吹冷氣，閉目養神一番，待精力充沛，上班時間到了，便拍拍屁股走人，從未買過一本書。這些人的共同特徵是目光無神，左翻右看，就睡熟了，發出波浪狀的鼾聲。

有些客人出手很重，不像有教養的，他們粗魯的，用力翻，碎碎唸，口水亂灑，弄得書髒兮兮的，根本不懂得放回原位，隨手一扔，把紙張震得五臟六腑差點移位。

更扯的是，一位斯文人，左手捧著書閱讀，右手卻偷偷溜進自己的嘴巴，在齒縫間游移，剔出午餐殘屑，在手中揉搓，慢慢磨成一粒圓形物，夾在手指之間彈射出來，正巧不偏不倚的彈進奇奇嘴巴。哇的一聲，太遲了，厚厚的肉屑正好掉進它的口腔，滑啦一聲，沉到胃部，一夜嘔心。

奇奇氣極敗壞，狠狠嚇唬那個人。

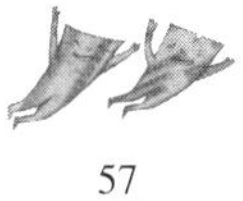

「真髒！」

聲音彷彿飄的，很尖，帶點幽靈氣息，溜進剔牙漢的耳膜，他把書一扔，人就倉皇跑了。

頁子與史金絕倒在地上，指著奇奇：「你真這麼做嗎？」

史金一臉不好意思，告訴兩張紙：「搞不好那個人是我爸爸！」

真是臭小子，老是在背後找機會修理我一番，而且毫不遮掩的，在我抽空探視他時，他會一五一十的向我報告書坊發生的事，偷偷損我的笑話，這種孩子還需要付錢供養嗎？

兩張紙不由自主的聊起被砍伐下山的過程，氣氛頓時哀傷起來。它們免不了又會談及人類，史金在一旁尷尬苦笑，不好意思的搖搖手，直說人的錯誤他的確也是該算上一份。

「我是一棵善良的樹，救過為數眾多的生物，逃過獵人的魔掌。我把自己建成一座小型的避風港，讓各種動物棲息，大冠鷲住上了癮，常常在樹梢生兒育女，昆蟲在土壤挖了洞就成了高檔住宅，啄木鳥用尖嘴鑽出一個巢穴，飛鼠、獼猴、山羌、大水鹿統統來湊熱鬧，山羌躲在我的樹洞逃過多次劫難……。」

奇奇沉醉往事之中，一發不可收拾，眼淚不知不覺中落了下來。

11

市街高懸的招牌在風中嘎嘎作響，霓虹燈隨風晃動，顯得搖搖欲墜。違建的浪板被吹翻了，在天際飄舞，塑膠袋像降落傘一樣，四處滑降。行道樹前後擺盪，起初由左十五度、右十七度，慢慢擴大成左四十度、右七十度，節奏有律的。

狂風大作之中的書店，人潮更加稀稀落落，比起平常日安靜多了，有如浪漫的爵士樂之夜。氣象局這回斬釘截鐵預報，颱風即將登陸，風雨最大值可能在半夜。

狂暴的雨猛烈拍打窗戶，我急得如熱鍋上的螞蟻，密傳簡訊關心。史金依舊輕描淡寫，就當是冒險吧，要我信任他會化險為夷的，話是這麼說，但是哪有父親不擔心颱風天一個在外獨處的孩子。

暴雨乍停，卻忽而變得更加狂放，嗶嗶嗶的爆裂聲，夾雜著咻咻咻的彈砲聲，異常驚人。即使店長做了兩道防颱動作，仍擋不住強大風勢，整棟大樓被吹得搖晃不止，氣氛詭譎，頁子愣住發呆。

「你發什麼呆？」

史金搖了它幾下，頁子的眼神空洞，若有所思，雙眼望著風雨的窗外，大約一刻鐘，囈語般自言自語起來：「颱風天是我的忌日，山老鼠趁風勢做掩護，潛進山區，拉開電動長鋸，沒多久，我就應聲倒地了，被一把推入河中，飄流到海……。」

史金用手托住雙頰，耳朵豎了起來傾聽，隨著故事起承轉合，跟著悲慟起來，眼淚撲簌簌滑下。他靠過身子，輕輕拍打頁子的肩膀，奇奇勉強擠出一絲笑，替頁子擦拭臉上的淚，把沾濕的一角捏捏揉揉恢復成原來的模樣。

「我得把淚趕快擦掉，否則皺成一團，變成麻花可就麻煩了。」

頁子憂心自己成了一本水漬書，回頭擺進倉庫，甚至變賣成二手書進回收場，這樣一來可就慘了。

強風硬生生把樹枝折斷，這回有如飛箭一般勁射而出，不偏不倚打中窗戶，震動力巨大。接著一根根更大更粗的樹枝也禁不住強風，筆直射了過來，準心經過校正，支支命中紅心，玻璃應聲裂開一個洞，風雨直接灌入，雨水淹過窗，進了書坊。史金清楚聽見聲音頻率極低的慘叫，一張紙狼狽的從濕淋淋的書中飛奔出來，筆直竄上，旋即消失不見，暫時恢復平靜，全部過程只有三秒鐘，頁子以為自己眼花。

靠左，離窗戶很近，就是那張平常被我用來瀏覽書籍的閱讀椅，飄出一股幽香，那是老樟木，香味濃得刺鼻。黑影從樟木閱讀椅奔了出來，低空飄浮，順勢拋出一組樹語：，怪透了，難以理解，屬於形象與會意的混合體，頁子左思右想，猜了又

猜，大約只了解泰半意思，可能是：「你們可以信任嗎？」他心想都什麼時候還問這種蠢問題，但仍做出回應：「I<●88」，意指值得信任。

沒隔幾秒鐘，回音傳回。

。

頁子把它譯成：沒騙紙吧。

史金站了起來，大聲嚷著：「它們沒有騙人，我可作證。」說畢，轉頭向頁子與奇奇扮扮鬼臉，細聲的說：「可是會騙紙喲。」史金無厘頭的笑話引來兩張紙狠狠的白眼。

風雨中，突然寧靜起來，氣氛很詭譎，沉默到有點駭人。就在這時候，嘩的一聲，書坊吵嘈開來。

笑的。

吼的。

果紙張受了水的漬痕，他絕對會留下來救援，讓藏於書中的紙避開劫難，不至於被賣，成了可憐的回頭書，進了紙漿工廠。這個善念感動了我，只好硬著頭皮答應請求。

暴風雨來襲的漫漫長夜，強烈肆虐，終於在凌晨緩緩停止，一絲久違的陽光從雲層中透了出來。中午左右，幾無風雨，這一刻，店長滿臉愁容、腳步沉重進了書店，她徹頭徹尾巡視一遍，不禁哀聲嘆氣，緊皺眉頭，長吁短嘆，聲音幽怨，囑託店員們搬來三口大箱子，她用麥克筆分別寫下：賓果、打折與回收三種符號，一面嘀咕，一面埋怨。他們把靠近窗戶邊的書全數取了出來，泡水嚴重到完全不堪用的放在回收箱中，堪用的放在打折的木箱中，毫髮無傷的歸入賓果。

這一天，書店燈火通明，從中午忙到午夜，店長早已哈欠連連，憑藉著一杯再一杯的咖啡提神；店員絞盡腦汁輪流開玩笑，驅趕疲倦蟲兼瞌睡蟲。損失看來比想像的好得多，沒那麼嚴重，算是不幸中的大幸。

颱風過後，豔陽高照，熱漲冷縮真惱人，把史金與頁子、奇奇弄得很不舒服，一方面還掛念十九張紙的安危與下落。次日，書店大肆宣傳，舉辦難得一見的打折促銷會，紙張們完全沒有休息的機會。

五柳書坊從未有過這般優惠的價格，愛書人起個大早，排隊搶購便宜的書，珍貴書區直接下殺三折，人潮擠爆，瘋狂搶購孤本。這些古版書算是名副其實的骨董書，都有年歲了，紙質泛黃，摸了就脆，絕對禁不起水漬，損傷之大可想而知。

史金這回見識到了愛書人拚搶廉價書的狠勁，力道一點都不亞於颱風，翻、捏、碰、壓、撞，奇奇的雙腿被摺成九十度，翻來覆去的，痛到不行。

「累壞了。」當天晚上，頁子簡直累到不行，猛力按壓痠痛的腳，哭笑不得。

「明天還有打折促銷嗎？」奇奇的話語中透露些許擔心。

「生意這麼好難保沒有。」史金玩笑中帶點恐嚇，提議利用晚上把紙全數叫喚出來，一來清點數量，二來確定是否無恙，兩張紙無異議認同。

「奇奇會飛，昨天被我看見了。」史金的話轉了一個大彎，顯得很突兀。

「我住過《老鷹》呀。」奇奇似乎一點都不覺得怪異，很坦然的據實以告，解釋來龍去脈。

「老鷹？老鷹與飛行有什麼關連？」

「這本書條理分明介紹老鷹飛翔的竅門，我藏身其中，知道一點口訣，居然學會飛翔。」

「不對吧，你不是住在《生態倫理》嗎？」

「我是二次復活的，《老鷹》這本書銷售量奇慘無比，被當成廢

紙，一斤兩元賣給回收場，打成紙漿化成再生紙，我很幸運，再度被印成新書。」

「學飛有目的嗎？」史金進一步詢問，奇奇就顯得有難言之隱了：「有是有……因……因……為……我……想……回森林……」

頁子的嘴角抽了一下，彷彿找著知音，心有戚戚焉。它也是很想返航森林一趟，正當它們熱切討論飛翔一事時，東方再度出現奇怪的聲響，西方也吱吱喳喳起來，南邊呼嚕嚕，北邊咿咿呀呀的，頁子、奇奇與史金各據一角，用鷹一樣的眼環目四顧，發現眼前閃過的每一張紙都各具特色，尺寸大小不同，有八開、十六開、二十四開、三十二開，材質更是琳瑯滿目，有道林紙、雪銅紙、再生紙……。

13

風雨過後，蒼穹明亮，一塵不染，彷彿剛剛刷洗過了，星星閃爍，閃著冷光，從窗戶旁的大榕樹葉縫間透光出來，顯得更加分明。

星光中，它們開起了第一次的紙張大會。

搞笑是史金的另類專長，古靈精怪的他很容易把氣氛搞活，紙張被逗得哈哈大笑，他竟然也懂議事規則：「圍一個圈圈，圍一個圈圈」，它們聽話照辦，幾秒鐘就形成一個圓圈圈了。

他手順勢一指：「你當主席，負責會議。」

頁子被突如其來的要求嚇得一臉驚慌，臉漲紅起來，還微微泛出青色，不停地抖動揮手：「不，不，不……行啊，我，我，我……不……可啦……」史金聽了差一點笑出聲來：「行就行了，三千歲了，世面一定見得很多，沒有問題的，怎麼不行？」

頁子的確是三千歲的樹精了，前身是神木，見過風浪的它，深呼吸三口，便進入狀況，清咳兩聲，理理嗓門，馬上無懼登場了，幽默開頭：「剛剛一直講話嚷嚷，鬼叫鬼叫的，看來沒什麼心機的那個傢伙，不像紙的，是個人。但跟一般人不同，他嘛，人面獸心，比人好，叫做史金，像個小偵探，大善人，本來是來找鬼的，沒料……，撞見一堆紙，他幫我很大忙，把失去的自信，遺漏的記憶……全數找回來了，還有……他陪我，哦，不，教我識得幾個字……」

史金被講得有點不好意思，臉紅通通的：「不對啦，不要一直講我，我會不好意思的，講你自己。」

「我嗎？叫做頁子，住在《野蠻的人類——一座森林的生滅記事》，但保證絕不野蠻，很善良，野蠻的是……人，很狠心的把我從山上砍了下來，肢解之後陰錯陽差住進書店。講到人啊，我就會沸

香氣逼人的肖楠，命運一樣坎坷，它是高經濟樹種，早被虎視眈眈的山老鼠偷偷相中。按理說，它絕不可能成為書中一頁，可是陰錯陽差，被粗心的工人分類錯誤，一把放進了絞碎機絞成了屑屑，化成紙漿，成了充滿異香的紙。它住在書店有段時日了，讀過一些書，比其他紙更了解自己身世：「我是常綠喬木，長得威武挺直，樹皮灰紅褐色，縱向淺溝裂，外皮纖維質，刀削後分泌淡紅色樹脂，小枝扁平，葉十字對生，鱗片狀；生長在中高海拔，味有奇香。」

老樟的前世是一棵奇偉的樟木，高大不說，還有香氣。史金在童話書中見過，它在經濟史與農業史上很有地位，屬於知名樹種，書店中飄著異香的就是它，身世極為悲涼，從它的遠祖、曾祖、祖父輩，應該都被提煉成樟腦油、樟腦丸吧。

最後輪到相思，祖先叫做相思樹，它的身世令人同情，具體的落難日已無從考據，反正是木炭的化身，怪不得會被放在書中黑底反白的那一頁。相思的悲傷難以自制，一把眼淚一把鼻涕，可憐得很，它一想起親朋好友全被送進火爐裡，就很傷感：「我們都是被高溫一千多度的火，不斷烤焦而成黑炭的，歷程宛如煉獄。」

這一夜，真相幾乎大白，從此開始，書店的夜就不再是死寂無聲了，經常紙影幢幢，喧鬧到午夜。

14

紙張們多少有一點被流放的感覺，行程迢迢千里，幾年來一直過著與樹隔絕的日子，思念的愁緒濃得化不開。每一張紙都藏了一段難以言喻的鄉愁，紙朋友適時出現，彼此取暖，解了一大部分的煩憂。

多數的紙，白天都躺在書中睡覺，習慣性的等待夜幕低垂，可以一腳跨了出來與其他紙邂逅。

這一天的半夜，我關上夜燈，蜷伏身體準備入睡時，史金傳來一封很無厘頭的簡訊：

「替我偷帶一臺電風扇到書店，好嗎？」

電風扇？有沒有搞錯？鬼主意特別多的史金，不知又想出什麼點子了，即使我硬著頭皮答應，提著一臺體積龐大的電風扇到書店，應

該也會被誤以為神經病，不被擋駕才怪，鐵定會被當成瘋子。店長早暗示過我，記得帶藥，如果帶著電風扇上書店，她肯定報警的，可能會大聲喝斥：「你為何不吃藥？」

我一口回絕：「不成的，沒有人會做這種事？」

「可是你是好爸爸，一定辦得到的。」

「用途呢？」

「孔明借東風！」

「你懂這個故事，未免太厲害了吧。」

「我昨天才在書中讀到三國時期孔明的草船借箭，可厲害咧，他借的是東風，我借的是電風，我想把紙朋友吹返森林。」

朋友？

進展這麼快，馬上成了知心好友，聽來毛毛的。我伸出手摸摸額頭，確定沒有發燒，大約三十六點三度；按按脈搏，正常，測心跳，

屬於適中的六十八。

「嘿，老爸，幫個忙啦，它有一段坎坷身世，回家再告訴你……」我不由自主懷疑頁子與奇奇是否擁有失魂術，把史金的腦袋弄得七葷八素。

「你信得過它？」

「放一百二十個心啦，你當我是三歲孩童哦。」這話聽來就更可笑了，他的確不是三歲，但肯定是個小孩。我提醒他，小朋友就是小朋友，不要裝大，沒有用的，時間是不會快快急走的。我還說，我吃的米絕對比他走的路還多，他彷彿聽不懂我的話，要求我別老說一堆阿公級的垃圾話，會笑死人的。哎，真是無可救藥，不與小人鬥嘴，我快速引入正題，說明只有一臺絕對不夠力道，至少也得百臺、千臺吧，否則哪吹得動，更不可能飛得遠遠的。

史金的構想並非一無是處，至少他心地善良，很有慈悲心，想替一張素昧平生的紙張圓一個大夢，單單這個心思便值得肯定了。可是不管怎麼說，我依舊覺得攜帶電風扇進駐書店這個主意還是不妥。

但有何替代方案？

我左思右想，再三敲了敲腦門，終於有了另一個想法。孔明借東風其實是觀察入微的氣象學，利用東北季風或許行得通，紙張可以藉由風力毫不費力的飄到遠方。

史金最會與我拌嘴，難得這次同意我的看法，在我隔天與他會面時，說及自己的想法，他露出淺淺一笑，並且說：「好啦，算我輸你。」漂亮！輸我有什麼難為情，小人輸給大人合理呀，我們算是達成了協議。

我記得他向我提及頁子的老家是一個在冬天充滿雪白銀色的世界，平均溫度大約零下七度，一片片、一朵朵、一串串晶瑩剔透的白雪掛在樹梢，美得出神入化。

我懷疑這段從他口中不小心滑了出來的優美文字抄自某一本小說，可是那有什麼關係，我仍熱情回應，叫他小作家。他開心得雀躍起來，差點把人家的咖啡屋給掀了，兒子的確有點文字天分，常說得我怦然心動。

當天我提出一個要求，請他晚上偷偷打開書店的門讓我溜進去，不過史金否決這項提議，讓我有點掃興，在夜幕低垂中低著頭，緩緩的沿著小徑回家。

15

大雷雨夾著冰雹而落，聲勢嚇人。這幾年因為人的貪婪，氣候全變調，秋天有雷雨，冬天高溫，夏天有雪，事實上，這已是常態了。

頁子與奇奇的心思早不在此，一心想著回歸森林。它們想了一堆辦法，可是除了風的載運之外，還要學會乘風飛行的能力，必須加把勁練習才行。《鷹的盤旋原理》一書適時出版，讓史金的眼睛為之一亮，它是飛行大師阿里不達流傳下來的經典名作；這個人在天山潛心觀察蒼鷹的飛翔長達二十八年，寫出來的飛行原理，科學家據此研究發明一款新式戰機，命名為「鷹犬號」，顧名思義就是一種很合適當鷹犬使喚的機型。

奇奇曾在《老鷹》中偷學飛行術，有一定火候，飛行技術爐火純

青。但太久沒有實際飛行，臨場反應如何不得而知。青天不比黃土地，摔下來可不得了，這本飛行的葵花寶典來得正是時候。奇奇經常撥冗潛進書中，史金充當助教，幫助它理解一些新的術語，並編成口訣，一紙一人合作無間，奇奇學得快，很有心得，飛行技術更上層樓。

奇奇是張非常熱情的紙，不厭其煩的示範與講解各式各樣的飛行技巧與竅門，紙張們當起觀眾，負責拍手、鼓掌、打氣。入夜之後，書坊裡頭紙影飛掠，真像阿飄。幾次密集演練之後，頁子的滑降功大大精進，隨意擺動就能飛行，它反覆試飛多回，精髓理解五、六分了，不著地飛行一小時當不成問題，進步幅度驚人。即使如此，想要一口氣飛回森林依舊是天方夜譚，頁子心知肚明，急也急不來的。

史金的金頭腦從不荒廢，常有創意，他巧思製作出一套錦囊寶盒讓它們隨身攜帶，並且編成吟唱調，要求兩張紙練習，隨機抽考。

我與新工作的約定時間日益迫近，瑣事大約處理告一段落，史金被迫不得不離開五柳書坊了。我火速傳了一封簡訊，簡明扼要告訴他隔天非得出發不可，而且心意已決，不容史金再打折扣。他彷彿知道我的決定似的，接到訊息並未多有怨言，而且很快便回傳，告訴我已把這則消息周知紙張們了，頁子、奇奇驚訝莫名，再三要求史金留下。他難掩失望，只是天下無不散的宴席，有緣會再見的。經過密集練習，頁子與奇奇的飛行功力，已達一定程度，看來不必史金再操心，它們會有一趟美好的旅程。

即使如此，史金依舊一夜難眠，當晚人與紙張們聊了一整夜，說了一堆來不及說出口的心中話。隔天，在我們約好的時間，他強忍著隨時可能潰堤的淚，滿眼婆娑，從書坊飛奔出來。事實上，我比約定的時間早了十五分鐘抵達，停在市街的一角等著。他邊走邊隔空重複發送自編口訣，千叮嚀萬交代。我猜，書店裡的人一定以為這孩子中

邪，我真怕有人報案，把他關進精神病院。真的好險，果真車子一發動，救護車就駛來了，停在書店門口，東張西望，眼見四下無人，才悻悻然駛離。

史金離開書店這件事，頁子與奇奇最是難過，就此一別，能再見嗎？

我們的車子駛離市區，繁華漸漸褪去，街景不再喧囂，轉為寧靜，道路不再筆直，慢慢駛入野徑。史金仍不死心，頻頻向書店方向揮手，我忍不住提醒他，車子遠了，它們看不見啦，他才安靜坐著。幾個彎道之後，柳暗花明，我們開上高速公路，大約一小時，進入省道，再來便是山的地界了，景致完全與城市不同；一邊面山，綠樹如濤，一面向海，海天一色。兩旁層疊的楓紅，隨著高度出現季節的幻化，綠黃紅交織，林森幽幽，煙嵐縹緲，宛如雲海，蟲聲鳥叫低聲鳴唱，像是交響樂團。紅塵暫別了，縹緲的山嵐與響徹雲霄的天籟熱情迎接我們。

此刻，我從駕駛座旁的置物盒中偷偷取出預先準備好的小禮物，淡青色的禮物盒上，綁著翠綠色的緞帶，非常高雅可人，裡面是一本環保的奇幻小說《一張紙的奇幻旅程》，史金曾指名要我買的。我把它放在他的手中，輕輕說了一聲：「生日快樂。」

史金驚訝莫名，眼淚在眼眶滑動，他萬萬沒有想到，我還記得這一天是他的十二歲生日，而且送了一本他指名的森林奇幻書。

「家書？」奇奇表情故意擠得很誇張，半開玩笑問道：「家族有懂人話的哦？」紙張面面相覷，互看一眼，奇奇忍俊不住大笑出聲。

事實上，森林中的確有一種名為「留聲塵」的方法，這是流傳於樹木界的神祕時空膠囊，可以瞬間凝結時間事件，塵封在泛黃的葉子或者氣味之中，用野風載運。樹木經常使用，尤其當人類入侵之後就更加普遍，樹的耆宿，也就是神木，還懂得在其中混入樹語，交代更重大的事。

留聲塵最經典一役在幾十年前發生。建商買下整座山頭，推土機在大地上開腸破肚，樹木很快就被砍伐殆盡。留聲塵及時發揮作用，大量飄散出來，傳達消息，無遠弗屆的通知樹木，提早熟化種子，借由風力，四處飄落，延續子孫。留聲塵起了關鍵性作用，讓樹木得以傳衍，頁子覺得留聲塵是樹的保命丸，有必要教會每一張紙。

那一晚，意外成了留聲塵的ＤＩＹ課程，它教得可起勁咧。

17

霞光落盡，昏黃的大地慢慢暗了下來，斗大的星星張開了眼睛，眾星拱出來的月亮，出奇的碩大，白裡透紅，美麗極了。紙張們一面觀景，一面等待客人散場，之後通常就是它們練飛的時間了。

「最後一次的再減一次驗收。」這句好笑的話出自老樟，什麼第一次的下一次，上一回的下一回，可是紙張們一點也不介意。

「歡迎紙的飛行大師登場。」

書店內響起紙張摩擦的熱烈掌聲，頁子與奇奇有如大明星粉墨登場，紙張們各自占據一處視野最佳的位置，迫不及待欣賞這場飛行秀。每張紙都睜大眼睛，看來兩張紙的飛行訓練已取得決定性的進步，達到驗收標準。奇奇登場，馬上表演一段高難度動作，垂直下

降，落地前一個轉身，拉高身體，從樓梯一路盤旋而上，在挑高五米處，任意變換姿勢遨翔。

紙張們大開眼界，各個看得目瞪口呆，掌聲如雷。

這只不過是奇奇飛行開胃小菜，更難的花式飛行隨之登場。奇奇登上最高處，雙腿盤踞，咻的一聲，滑了下來，俯衝，落地前一個拉升，倒飛再起，迅速爬升到一個高度，縱躍上了天花板，三百六十度迴轉落地，一氣呵成。紙張們驚愣不已，嘴巴開得大大的，這麼高超的技術，怎麼辦到的？

正當眾紙議論紛紛之際，頁子隨之登場，臉色看起來有點緊張，稍嫌慘白。畢竟奇奇的表現太過出色，而它的實力就差遠了，常常在緊要關頭迫降，跌個四腳朝天。老樟笑不可抑，差點岔到氣，桃子最誇張，笑成後空翻。奇奇安慰著，要它不必氣餒，拍拍肩膀示意很不錯了，慢慢來：「不必急，機會是給準備好的紙。」

訓練結束，老樟做出結論：「為了精進頁子的飛行技術，還需最後一次的加一次，加二次試飛。」

頁子心裡有譜，按表操課是不成的，它必須額外抽出時間偷偷練習，否則肯定無法在期限內勝任飛回森林的任務。很快的，又到了下一個驗收時刻。

這一天，店長臨走前一時失察，忘了把門窗關緊，野風從窗口狂亂竄了進來，正巧模擬出東北季風的勁道，合適飛行。奇奇提醒頁子，老鷹是靠上升氣流飛翔的，你來試試尋找氣流的方式，口訣是：駕馭它，不要被駕馭，這樣會省力很多，風向、風速與風力是飛行的基本功。說畢，奇奇表情嚴肅上樓，吸了一口氣，吐了三口，再吸一口，吐成九口，再吸一口，把肚子鼓得漲漲的，雙臂延展，做飛翔狀。一個縱身，奮力飛了下來，姿勢像老鷹，迅速滑向風口，輕輕繞了一圈，急速盤旋，拉高，轉身，飛回風口，二度滑掠，振臂拍了五

下，來個二百七十度迴轉，翻滾兩圈，優雅降落。

目不暇給的表演秀驚豔全場，頁子賣力鼓掌，它心想，簡直太完美了，一張紙竟能把老鷹的動作學得如此唯妙唯肖，太不可思議了。

「換你試試。」

奇奇很像老師，連表情都像。頁子把奇奇教它的口訣默念了數遍，準備動作做好，折出兩角，身體抖了幾下，深呼吸兩口，一躍而下。剛開始還不錯，可惜後繼乏力，馬上跌坐下來，紙張驚聲尖叫，深怕頁子受傷，奇奇則露出喜悅的眼神，它認定頁子已能飛出不完美的完美了。

「沒有關係，你已經明白訣竅了。」

這一晚，頁子屢飛屢敗，但不氣餒，心想，再加強練習一定能飛的，至少到東北季風來臨之前，肯定學得會的。它進步神速，有了門道，好幾回，能夠做出迴旋一百八十度的高難度動作，這對一個初學

者來說已經很不簡單了。

東北季風提早報到，奇奇開始有些心急，提醒頁子加快練習，它已迫切想回森林祕境了。頁子加緊苦練，徹夜苦讀一些關於飛行的資料，自我修正動作、姿勢，與著地的方法，終於出現幾回完全不必著地的連續飛行，一直練到天亮雞鳴為止，看樣子離成功不遠了。

「今晚最後驗收！」

18

頁子度過了一段漫長、辛苦、壓力緊繃的飛行訓練，已經達到忍受的最大極限了，再撐個幾回，肯定會筋疲力竭的。

「歡迎今晚的主角頁子先生，為我們表演一段紙的特技飛行秀，請大家掌聲鼓勵。」

奇奇像個主持人，介紹大明星出場似的，頃刻之間，掌聲如浪。

頁子的技術精進不少，縱躍彈射而出，順勢拉住欄杆，迴轉而上，倒吊金鉤，頻頻回首扮扮鬼臉。觀賞的紙張全嚇了一跳，驚出一身冷汗，頁子真的能飛，而且飛得極好；稍一停頓，再度俯衝下來，竄了上去，再俯衝，轉了二圈，越過疊了三米高的書櫃，從休閒書專櫃的牌子前貼近掠過，倒立貼地飛到樓梯口，折返回來，劃過生態書的告

示牌，輕盈著地。

「漂亮。」

桃子大聲叫好，紙張們的驚喜全寫在臉上，歸鄉日，看來是指日可待了。

飛行需要充沛的體能，可不是說說就行了，萬一使不上力可是會替自己帶來巨大的災難。苦練當然是唯一法則，人類書籍中記載的健身招數，它們照單全學。老謀深算的老樟提供必要的協助，它懂數學、物理，根據估算，按照常理，從書店飛翔到森林，至少要連續飛七十二小時，但四小時要休息一次，需要有驛站。這麼說來，頁子就得具備一次飛行四小時的基本體能，連續飛行十八次以上，這可是一項大考驗。

奇奇沒事就滑進《氣功》裡練練新的提神功法，擅闖《這樣做最健康》練練宇宙神棍操，新出版的《養生祕法》，讓它如獲至寶。

頁子不遑多讓，大白天就哈、呼、嘿練起神功。實在太過入神，叫得過於大聲，有些耳朵靈敏的客人，被它嚇著，以為又鬧鬼了，拔腿就跑，惹得躲在其他書中的紙兒竊笑不止，算是枯躁練功中的一點樂趣吧。

說做就做的行動力是頁子的特色，令紙張們刮目相看。每一張紙都感受到了它的毅力、執著與打死不退的風骨，私底下，討論到它時，全都豎起大拇指。

關於東北季風定調的事全權委由小槿處理，它住在《季風》一段時日，非常了解氣候，算是氣象專家了，由它來負責決定出發日期。東北季風狂吹，威力驚人，直逼輕度颱風，咻咻咻的，吹得書店的門窗嘎嘎作響。

它提醒兩位飛行主角：「差不多了，準備、準備。」

頁子一躍而起：「我早準備好了。」各式各樣的紙張全部集合在讀者閱讀區，準備見證這個千載難逢的盛會。老樟大費周章準備餞別宴，心中卻是感傷萬分，它們私下討論過一個替代方案，萬一起飛有困難，也許可以眾志成城使用紙張扇風法，幫助它們起飛。

紙張們暗笑，它們知道這個方法的確夠蠢，但代表一種心意。大恩不言謝，頁子與奇奇的眼淚早飆了出來，悲傷的氛圍因而瀰漫開來，本來說好不哭的，卻又忍不住哭成一團。奇奇提醒它們別哭，一張會哭的紙，可會嚇死人的，哭糊了，化成紙漿怎麼辦？

嗶、嗶、嗶，咧、咧、咧，嘩、嘩、嘩的東北季風，吹拂的聲音彷彿祝禱似的，預備歡送它們飛回森林了。事實上從書店到森林是一條漫漫長路，它們完全陌生，根本無法預估其中的風險，也不了解是否能如願抵達目的地，或者根本一去不復返，很有可能葬身海中。可是無論如何，非去不可。

小槿說：「禱告吧，一切順利。」

大夥合十膜拜，奇奇不想多等了，動作敏捷的，一溜煙便從窗戶的隙縫擠呀擠的竄了出去，順著風勢高飛。頁子極為不捨，數度回頭凝望，最後使勁蹬腿，滑翔起來。紙張們很傷感的貼在窗邊凝望，抖動著嘴角，這一刻哪管會不會哭成紙漿，全都哭花了臉，它們頻頻抖動，揮手告別。

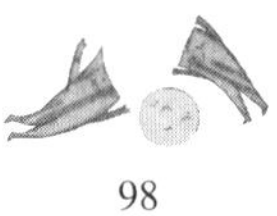

19

東北季風大方吹拂，一把拉起頁子、奇奇，載飛得老遠，越過報時鐘，飄過神祕瀑布，從摩天大樓穿了出去。影像模糊了，漸漸的從一張紙變成一個很小的點，大夥悲從中來，畢竟相處一段時日，有了情感，這樣分別實在感傷。

善飛的奇奇，一下子飛得太高了，出現高空症狀，頭昏眼花了一陣子，根本測不準方位，整個身子東飛西竄的，非常不穩定，大約過了半小時才適應過來。頁子的醉機症狀持續未解除，它開始懷疑書店裡所學的那一套理論是否管用？它無法控制身體，一直往下墜，爬升困難。

「先吸足一口氣，再緩緩的分成九口吐出來，再吸一口，把肚子

漲得鼓鼓的，再緩緩吐出來。」奇奇用餘光瞥見頁子求援的手勢，馬上傳送口訣，只是怎麼聽都與《氣功》書上所寫的方法相近？奇奇是不是在唬弄？頁子完全無暇辯證，只得照做，居然有效。奇奇順勢斜著身體側飛，闖進上升渦流，姿勢像老鷹，貼著氣流，覺得舒服多了，拍動雙翼，不再那般費勁。慢慢的，它領悟訣竅，想像自己是一隻遨遊的鷹，盤旋而上，繞了一圈，急速拉高，一個轉身，再飛回風口，振臂拍了二下，二百七十度迴轉，再滑動兩次，姿勢非常優雅。頁子自在享受乘風飛行，時而側躺，時而平飛，偶爾來點花式飛行，模樣逗趣。

高空的氣流比起先前平穩，它們顯然懂得乘風飛行的方法了。雙雙閉上雙眼，盡情享受，不時在風中玩起遊戲，忽高忽低，忽左忽右，兩張紙玩得如痴如醉，慢慢靜了下來，躺在風中，想像森林的事。

眼前突然出現一團黑影，速度極快的飛掠，穿過雲，再闖了過來，頁子嚇了一跳，張開眼睛，想看清楚來者何物？

「《】】▶∞＿%」頁子打出一組急急如律令的樹語，同一時間奇奇也發現這團怪東西，它的回應是「≑m^2」，意指：怪物。

「真的嗎？」

天空出現怪物，這還得了，會不會尚未抵達藤蔓交錯的森林之前，就被吞入腹內了？怪物數度以迅雷不及掩耳的速度逼近，嘴巴呈倒勾狀，作勢叼取，這回奇奇看得很詳細了，如假包換的，確實是一隻凶猛的鷹。

俗稱鳳頭蒼鷹，生活在低海拔的獵食性鳥類，看牠出手的動作兼具快狠準，鐵定不懷好意，嘴巴不停發出咯、咯、咯，具有嚇唬意味的叫聲，聽來真害怕。

「《&8 cc」牠想幹嘛？

奇奇完全未意識到嚴重性，開著玩笑：「∞∞≒○⊂⊃」求偶吧。

可是，老鷹的動作根本不像求偶，牠在天空做出一個大迴轉，揮舞著利爪凌空啄來，頁子反應靈敏，一個橫移，順勢後撤，彈出半尺，往下掉了一米，躲過利刃襲擊。看來蒼鷹是玩真的，肯定把飛得很畸形的頁子，當成病鳥了，想捉來飽食一餐。

一紙一鳥在空中激烈纏鬥多個回合，頁子忽上忽下，高高低低，老鷹東飛西竄，上下擺動，忽而一百八十度回轉，向奇奇展開猛烈攻擊。牠以奇快的速度飛掠，奇奇哪是省油的燈，飛行技術一流，一個彈射，向上拉高了二十尺，沒入雲端，立刻又垂直下降五十尺，從老鷹頭上閃過，有如特技表演。老鷹嚇了一大跳，誤以為是新的攻擊性鳥類，咯咯兩聲，轉頭飛走。

奇奇看見蒼鷹夾著尾巴逃走的落難模樣，過癮極了，猛力拍手，忘記自己在飛，差點因而失速墜落。

「蒼鷹哪裡有尾巴，怎麼夾？」頁子促狹吐槽，與蒼鷹追逐數回合，兩張紙都氣喘吁吁，汗流浹背。奇奇的情形有點糟，前世是苦楝的它，生長在低海拔，從未上過這麼高的天空，幾次縱身飛掠，高來高去，出現高空症，呼吸困難。真沒料到，善飛的奇奇，竟敗給飛得太高、跌跌撞撞的頁子，反而沒出現什麼大麻煩。

蒼鷹的影子緩緩隱入雪白的山嵐，奇奇快速下降高度，接連吸了好幾口大氣，直呼好險。頁子心想，什麼求偶，應該是食我下肚；奇奇直說抱歉。兩張紙在單調的行程中遇上這件趣味橫生的事，倒也不失好玩。

強勁的東北季風，讓它們輕鬆飛翔，奇奇與頁子逮到機會就閉目養神，練練功法補足體能。根據老樟的估算，旅程還遠，有得飛的，算是迢迢千里：「放心，我們貼著上升氣流，盡可能別用力，這樣可信鴿。森林中常見，用來比賽的叫賽鴿，常常飛掠山頭，停在樹頂上過夜。鴿子看見奇奇，不由分說的，一把就摟入懷中。看來牠真是一隻信鴿，鐵定把奇奇當成一封信。奇奇查覺牠無惡意，便放開心，騎在信鴿背上，由牠載飛，一紙一鳥，很有默契的天空飛出各種姿勢，玩樂開來。

頁子心想，不擅長飛行的不幫忙，駕馭自如的竟然得到幫助，真是怪哉。

信鴿無視頁子的存在，載著奇奇往東南飛去，它吃力的跟在後頭飛行，上氣接不了下氣。信鴿幾回猛力的振翅高飛，直飛森林，奇奇覺得很納悶，牠怎麼知道它們的目的地？

信鴿的速度實在太快，翅膀拍打數下，便沒入雲間不知去向了。頁子根本來不及反應，奇奇已被載往遠方，這下兩張紙全都急了，奇奇卻苦思不得其法，只能眼睜睜的看著頁子的影像慢慢消失。

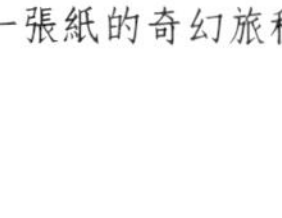

21

「」

頁子六神無主，頻頻發送樹語，大意是說：「別扔下我呀！」

大約是距離太遠，傳送的樹語全都音信渺茫，頁子開始手足無措，驚慌寫在臉上。它的體力略顯不繼，左搖右晃，有幾回差點失速墜下，東北季風在此刻落井下石，幾乎接近無風狀態。再不想想辦法，鐵定墜落。

一回偏東，一回往西，眼前漸漸模糊，出現幻影；頁子慢慢不省人事，昏迷前，還不忘喃喃自語：「阿彌陀佛，請別落入水中。」

這一句佛號是，颱風來襲的那一天，店長合十膜拜說的祝禱詞，它聽到了，學了起來，但不確定是否管用。

昏迷一段時間，頁子慢慢甦醒過來，不知自己身在何處？花了一點時間讓腦袋清醒回神，它發現自己奇蹟般的停在離地不到五十公分的一片小小的葉片上，順勢蹬了一下，輕巧的滑下來。微弱泛黃的燈光下，清楚看見幾個字：森林小火車，迷霧森林站。

「森林小火車？」

頁子使盡吃奶力氣，把腳跟踮得老高，仔細觀看簡介上的介紹，華麗的看板上這樣寫著……這條鐵路堪稱是世界級的鐵道博物館，沿途不斷爬升，遊客可以欣賞熱、暖、溫三種不同的林相變化，也可以深刻地感受鐵道文化的藝術與價值……。

「藝術價值？」

一陣眼花撩亂、昏眩發麻之後，頁子打起哆嗦，聞到鐵道車站飄來的幽香，它清楚明白那是千年紅檜，用這麼名貴的樹建造而成的車站，怎稱藝術？殺戮吧！正當它義憤填膺之際，天空慢慢從幽黃化

開成明亮，搭乘最早一班車的遊客在導遊的帶領下出現在森林小火車站，他們嘻嘻哈哈，魚貫走了進來。不一會兒就聽見小火車的汽笛聲嘶鳴，由遠而近傳來，客人們陸陸續續進入車廂，頁子夾在人群之中蒙混進來，躲在角落，藏身起來。

小火車緩緩啟動，呼呼呼的汽笛聲響徹山林，火車之字形慢速爬升，景致發生不同層次的變化，葉子也由綠悄悄變黃，最後成了紅葉。頁子從未有過這麼悠閒欣賞風景，看得好沉醉，不由自主起身，貼在窗戶上，引起清潔人員的好奇。

「怎麼有這麼愛看風景的紙？」

此話一出，鄰座的一位老先生狂笑起來，連同假牙都噴了出來，他尷尬撿拾起來，直說清潔人員好幽默。

清潔人員沒等頁子反應過來，伸出手來便一把將它抓了下來，扔進垃圾桶裡。

「看夠了嗎？那就把你回收囉！」

老人隔壁的另一位穿著花格子衣服的老人一起跟著笑，接著兩個人不顧旁人的哈哈大笑。頁子簡直無言，根本無處躲藏，就被硬生生塞進垃圾桶中，滑入黑漆漆的洞中，伸手不見五指。只聽見火車壓在鐵軌上奔馳的聲音，一站過一站，停了又開，開了再停，不知多久之後，廣播傳來清亮的聲音。

「終點站到了，請所有的旅客全部下車，不要忘記自己的行李……。」

清潔人員提起垃圾桶，走下車廂，前往垃圾集中處。頁子只見一隻手，伸了進來，把它撈出去，往紙張分類的垃圾桶中用力扔去。還好它練過飄功，輕輕將自己彈跳起來，旋轉一百八十度落地，漂亮，毫髮無傷。

清潔人員轉身走開，頁子緩緩的伸出頭來東張西望，四下無人，趕緊蹦跳出來，抬頭望了望。它很驚訝，所處地方的山景與故鄉像極了，告示牌上寫了很多風景區，幾乎與他的記憶一模一樣，莫非真的是誤打誤撞，坐上森林小火車返回森林了。

頁子潛進矮叢中，眼見遊客散盡，緩緩走了出來，氣溫仍涼，草有甘露，它必須採行半飛狀態，雖說很累，但不得不，否則被水沾濕了，可就更慘。

野草的味道依稀，泥土的香氣簡直一模一樣，昆蟲鳴唱，鳥聲啁啾，天籟奏樂，與往昔無異，尤其翠綠的山徑，印象鮮明得很，那是山友口中形容的侏儸紀公園。青綠的蕨類在滿山遍野隨意亂長，億萬年的筆筒樹依舊生命力旺盛。

22

疲憊不堪的奇奇在信鴿背上不知不覺打起盹來，一陣微風拂來，一縷陽光射入眼簾，它才慢慢驚醒過來，想起了頁子。

信鴿努力調整高度，貼著樹梢低空飛行，試圖叼回失散的頁子。試了幾次，無法如願，眼巴巴看著它飄得老遠，沒入霧端。奇奇在這一波追逐救援中發生意外，信鴿在幾回救援頁子中失控，張開嘴巴時意外將它鬆脫墜落，牠眼露焦慮，發出低鳴聲，可是已來不及馳救了。

幸運的是，奇奇飛行技術了得，即使沒有鴿子幫助，依舊可以自行飛行。它採用二十七度角降落法下降，把腳伸直，順勢滑行數十公尺。強風使它在空中轉了幾圈，往密林處緩緩掉落，身體在樹葉間摩擦，發出嗶、嗶、嗶摩擦的聲響，最後卡在樹梢，身體半懸，它無力從葉縫中掙脫開來。

「救命啊。」

信鴿相準方位，九十度角回身，向下俯衝，輕輕叼了一口，把奇奇從樹梢夾了出來，鬆口讓它緩緩滑下，落在波光粼粼、樹影倒立、湖光山色的天池草皮上。

信鴿眼見奇奇安全降落，並未多做逗留，咯咯咯叫了幾聲，便飛走了，奇奇猜想牠可能想去尋找頁子了，把身體摺出九十度，向牠行最敬禮。

奇奇降落位置很巧合，正好與頁子遙遙相望，在天池另一側，頁子從森林小火車站出來之後，熟悉的芬多精便撲鼻而來，陰離子濃得醉醺醺，放眼望去盡是迷人的綠。不知過了多久，幽靜的野徑盡頭露出亮光，半月形的天池就在眼前，它同時驚見一臉迷惑，站在湖邊不知所措的奇奇。

「」

這句樹語叫做天啊，頁子的狂叫聲大得驚人，嚇到了滿臉愁容的奇奇，緊接著是一陣歡呼。可是問題來了，它在湖的這一邊，而奇奇在另外一頭，隔著波光粼粼的湖泊，如何相逢？它把手放在下巴，望著湖水苦思，突然眼尖發現，湖中有一段飄浮水草，剛好架出一條水中草路，如果學水上飄，踩踏青綠草叢而過，應該沒有問題。它小心翼翼的繞行這條草徑與奇奇重逢了。

老樟果真有先見之明，出發前提醒過頁子與奇奇一定要記得禱告，它們做了，也得到好結果。

「現在怎麼辦？」

奇奇惶惶難安：「要不先找一處安全的地方，養足精神再說。」

「哪裡最安全？」

頁子被這句話撩撥出感傷，以前可是巍巍大樹，哪怕什麼風雨，而今落難成一張薄薄的紙，只稍一點小雨，都足以毀損，生命不保。

「遮蔽物！」

遮蔽物？

在兩張紙的眼中，山中小木屋當是休息的第一選擇。

就在此刻，一束光正巧不偏不倚投射了過來。

「有光！」

奇奇的視力彷彿千里眼，它睜大圓筒狀的眼睛費力搜尋，發現微光正是由一棟小木屋射出，距離大約有一百公尺。得來全不費功夫，至少躲個一、二晚沒有問題，單薄的一張紙，在人類眼中根本沒什麼危害，即使被發現，恐怕也會視若無睹吧。事實上，這間小木屋藏了極大的祕密，倒是始料未及的。

頁子與奇奇躡手躡腳移向小木屋，邊走邊聊：「你在空中發送的

樹語有明顯雜訊，怎麼會這樣？」

奇奇覺得奇怪：「你回覆的樹語也有同樣問題，夾雜著嗶吥、嗶吥的怪聲音，聽起來很像求救聲。」

「>/*>▙ ?」

求救？

不祥預兆閃過兩紙心頭，森林是否即將再度面臨劫難了？想到這兒，不由自主倒抽一口寒氣，雞皮疙瘩上身。它們連續發送樹語，靜靜等了二十分鐘，森林未有回音傳來，心頭大石慢慢卸下。

歇斯底里的行徑，連頁子都覺得好笑。用人的話來講，等於一朝被蛇咬，千年怕草繩。也許沒事吧，只是湊巧遇上干擾而已。人類發明的手機不也常常如此，收訊不良並非怪事，這大約是住在書店多年的最大收益，懂得科學推論。

小木屋就在眼前，奇奇忽而想起，小木屋就是登山客的休息客棧，累了在此暫度一夜的地方。

森林的第一夜，風濕且涼，它們不斷變化姿勢對抗寒氣，依舊阻擋不了凍涼的冷，不停打哆嗦。兩張紙相互取暖，身體捲成麻花狀，瑟縮在屋簷一角，雙手揉搓發熱，方才淺淺入睡。

23

兩張單薄的紙，就這樣翻來覆去度過一個不成眠的夜。

以前身為樹木的它們哪怕冷，沒有料到化身一張紙，比想像還可憐，根本熬不過封凍的寒氣。乾脆起身走向天池，小心翼翼踏過苔蘚，越過草坡，靜謐的夜空，草蟲唧唧，偶有魚兒躍出水面，濺起水花，噗通一聲，漣漪四散。湖畔老樹有一處天然樹洞足以禦寒，由洞口的五十度角穿透，可以窺見一字排開的星星，張開閃爍的大眼睛，明月圓潤，皎潔可人。

頁子感覺此時此刻的森林，與它還是神木的時候早已悄悄起了變化，彷彿樂團缺了一位鼓手或者小號一樣，音律不全。草蟲的唧唧聲不如以前清亮，鳥的鳴唱有些稀疏，即使森林的湖泊也不再清可見底，說不上來原因，只是添得百味雜陳。

時間悄逝，草上的霜結出了白色的小眼袋，它們感覺有些凍寒，萬一被沾濕了就麻煩，頁子頻頻催促：「還是躲回小木屋，以免被淋濕。」

小木屋前有一處空地，頁子記得附近有一把布滿風霜、青苔黏貼、風化嚴重的百年老石椅，據說具有魔力，能卜卦，定吉凶，它想試一試。

「卜卜看，森林之行，吉凶如何？」

奇奇失態狂笑：「你實在越來越像人了，什麼都想卜一下，真是迷信。」頁子聽了很不服氣，它寧可像貓、像狗、像昆蟲，或者蛞蝓，也不願意像人。

這則流傳久遠的神祕傳說提到，只要誠心膜拜，就會出現神奇的能預言的痕跡語，預卜未來。頁子終究敵不過玩心，雙手合十，閉上

雙眼，誠心祝禱。大約一炷香，紛雜的心靈沉靜下來，雜音再度細細瑣瑣傳進了耳膜，雜訊過濾，亂碼消除，預言出爐，卦象顯示森林有再度面臨劫難的危機，而且出現了模糊的畫面，彷彿有人在樹上注射一種不明液體……。

頁子手腳抽搐，口吃起來，說話結結巴巴，眼淚止不住滑了下來。過去的殘缺記憶像走馬燈一樣閃現出來，多年前被砍下山的情景歷歷在目，難道這是警告，山老鼠又要出草，森林即將受害。

這一夜，因為這件事更加輾轉反側，難以成眠，反覆煎熬，還好飛行的疲憊最後仍戰勝焦慮，把它們帶進沉沉夢鄉。可是惡夢仍舊數度糾纏，直到天空翻了魚肚白，才稍稍入睡。

接下來呢？

兩張紙有些茫然，開始懷疑回到森林的意義。

出發之前，它們根本沒有想得很清楚；現在是一張脆弱的紙，無法像以前一樣不怕風來不怕雨，四處走動著，更不可能在雪天湖面結冰時逍遙自在的嬉遊。現在卻什麼都怕：冷與潮濕，怕；連晶瑩剔透的露珠，也怕。

此刻的小木屋，突然人聲鼎沸，喧譁的划拳聲不斷。它們好奇的把耳朵湊了過去，查探動靜，聽到的訊息是：晚上、快一點、聯絡了嗎等等，很像某種術語，它直接聯想到這些恐怕就是山老鼠了。

此刻，一股莫名的旋風毫無預警的轉動起來，猛力拉扯，把貼在門縫凝神窺探的奇奇，硬生生往內一扯。整張紙順勢向前滑了一寸，正好卡住，內外各半截，模樣很滑稽，可是很危險，萬一被人撕掉可就麻煩。

它睜開圓滾滾的大眼睛，數數屋子裡的人，共計九人，大鬍子，雙下巴，白頭髮，鷹勾鼻，凶狠刀疤男，每個人都很有特色。他們喝著一種琥珀色的飲料，應該就是人類所謂的酒，杯盤狼藉，酒瓶散落

一地，似乎喝了一整夜。兩個人橫陳在沙發上醉眼惺忪，胡言亂語，另外一個已經喝茫了，呼呼大睡，磨牙聲吵死人。另外幾個人頻頻敬酒，講話很大聲，震耳欲聾，彷彿吵架。

龍捲風再度把草葉騰空旋了起來，奇奇被強勁的風勢再往裡面拉扯一寸，頁子嚇了一跳，使盡吃奶的力氣欲把奇奇拉出來。同一時刻，留著落腮鬍的大漢，滿臉通紅，醉言醉語的，很粗俗的大聲嚷嚷：「什麼時候出發？」

粗獷帶點沙啞的聲音吸引住頁子，探頭看一眼，崩潰似的嚷著：「大鬍子，大鬍子，砍我的大鬍子。」它記得，大鬍子的臉上，靠近嘴角的地方，有一顆棕紅色的痣，下巴處有一道明顯的褐色傷疤，很容易辨識。他是盜木集團主謀，身旁擁有幾十隻供他使喚的山老鼠。頁子隱忍不了，一時失控，持續發出尖銳有如幽靈的海豚音：「小心，報應快到了。」

眼明手快的奇奇，猛力拉拉它的衣角，示意節制一點。

「這兩天會有大霧，是動手的最佳時機。」

齜牙咧嘴的盜木者根本沒有聽見頁子微弱的哀號，繼續他們的話題。

大痣揉揉浮腫的雙眼問道：「數量？」

「十檜，不是十塊，十根檜木，就這個數量吧。」

大鬍子狂笑不止，表情很詭異，比了比錢進入口袋的手勢。

「打點好了嗎？」

「嗯，但村長與那個不識相的巡山員很難搞。」

大鬍子冷笑幾聲：「給臉不要臉，不理他們，反正別被他們發現就好，萬一……。」

大鬍子比出開槍的手勢，模樣很嚇人，臉上寫著貪婪、無恥，然後舉杯：「為我們的財富乾杯。」

他們一飲而盡，笑聲很刺耳。

24

我們返回山上定居有段日子了，非常習慣山居生活。

山中無甲子，果真不假，清貧但很舒服。房子不考究，但宜住宜居，家具不名貴，不過溫馨典雅。驅寒的壁爐，很有歐洲風情，算是五臟俱全。

工作很快就上軌道，畢竟爺爺當過森林的巡山員，爸爸繼承衣缽，我只要回憶以往與他們一起巡山的記憶，大約錯不了。現在的我也成了山中優秀的巡山員，守護森林中的每一棵樹。

史金沒有轉學困擾，很快就進入狀況，並且可以抽出時間陪我一起建構新家。後院營造花園，前院設計成露臺，他都幫了很大的忙，常常一個人賣力工作，悄悄把它布置成童話屋。

「爸爸，需要我幫什麼忙，儘管說，別客氣。」

這孩子真窩心，即使講假的，也很得人意。

回到山中真好，彷彿魚在水中，鳥在空中，待在城市裡常有龍困淺灘的哀愁，像一部好用的機器，終年不停的轉動。年逾四十歲，早已全身病痛，疲憊、痠軟，突然有了不如歸去的感嘆。

巡山的工作，我駕輕就熟，根本不必學，現在巡查的路線，小時候就曾陪爺爺走過無數回。後來爸爸接棒當了巡山員，我更是常常與他一塊穿梭山林。記得有一年，我返家度假，當年的第一場雪來得特別快，清晨醒來寒意逼人，樹枝上到處掛著白白的霜，冷極了。父親要求我必須做好保暖，盯著我把身子包到密不透風，戴上防風帽，再加一層面罩，才放心讓我陪他出門巡山。他說，別忘了自己是城市人，山已非我的故鄉了。

「來場雪仗吧！」

童心未泯的老爸，喜歡躺在軟綿綿的雪中，像個乳臭未乾的小孩子一樣，抓一把自稱是棉花冰的雪，誇張的往嘴裡塞，整個人笑開懷，露出蛀牙掉落尚未彌補的缺口，頻頻叫好，模樣很好笑。我與他在雪中興奮玩了起來，他開心極了，教我如何細細踩踏雪上，體驗有如躺在棉花床上的舒服感覺。

記憶中，父親曾經製作過兩頂由狗拉行的雪橇，這樣一來，即使寒冬在雪地滑行載物，也顯得不費吹灰之力，可惜後來被棄置在倉庫。有一回，我回鄉替父親整理屋子內內外外的環境時，在倉庫的一堆雜物中發現年久失修、且布滿灰塵的它們，工作站中養了幾隻大狗，一隻叫皮皮，一隻是哈利，權充拉橇狗，我陪父親一起探險。

就是那一次，我們遇上一件永生難忘的事——途中遇上山老鼠，爆發一場激烈的追逐戰。父親與他們宛如世仇，見面份外眼紅。這一次，他們覬覦山上的千年紅檜，而且配備齊全，腰間繫著各式各樣工具；父親尿急，如廁時發現這些人的蹤跡，小心翼翼的用無線對講機通知工作站的同仁，並且向森林巡守隊的義工報告經度、緯度，與行走方向，心想這下子可以來個甕中捉鱉。怎料到事與願違，凶狠的山老鼠出其不意回頭追捕我們，大聲嚷嚷，連續發射手中的霧彈槍。父親為了保護我，根本不敢作聲。他狐疑，莫非有內賊，否則怎麼可能在他回報消息之後不久，山老鼠就鎖定我們的方位。

我們死命駕著狗雪橇一路狂奔回工作站，耳際不時傳來咻咻咻的槍響聲，斷斷續續，呼嘯而過，真的很嚇人。父親的正義感最後不敵保護我的愛心，委屈的逃回。我早已滿頭大汗，他則渾身發抖。

「受傷了沒？有怎麼樣嗎？怕不怕？」

我真的很害怕，卻故意裝成英雄：「小事情，再來一次也不怕。」其實我早嚇呆了，胃部痙攣，爸爸稱讚我很勇敢。

山老鼠揚言要綁架我，讓父親茶飯不思，好幾天請假在家陪我，

上學由他陪我走五公里的路，放學再去接我。雖然最後什麼事也沒有發生，但他早嚇出一身冷汗。

這件事情之後沒幾年，他就申請退休了。

25

野徑的足印依舊鮮明，烙痕深深，走在其上還能嗅聞到當年尚未消散的氣味，添得一些陳年回憶。休假日，我常一個人不自主的往爺爺當年喜歡逗留的百年石頭屋，他常在屋前的一棵老樹下小憩，取出便當，沖泡一杯包種茶，快意閒飲。

「它會進到我的夢中！」

爺爺口沫橫飛，一副煞有其事。我常順著他，逗樂著說：「一定是真的，爺爺從不騙人。」爺爺可樂開懷了，更起勁，情節更加神靈活現，彷彿神話故事，爸爸的吐槽功力，一點都不亞於史金。

「胡謅的啦，人老了就剩一張嘴。」

他不以為意，依舊笑咪咪，繼續鄉野傳奇故事：「這棵樹很

神……。」說畢，一定呵呵呵笑著，事實上我有點陽奉陰違，對於這則講了百遍以上的事假裝凝神傾聽。爺爺最愛這個態度，只要我樂於聽，他便講得更起勁。現在我明白了，人老了不是剩下一張嘴，而是少了一個聽眾。我很想再當爺爺的聽眾，可是遲了一點點，他早早作古了。而今獨自走在野徑上，記憶不由分說溢滿開來，彷彿汩汩不停的湧泉，停不下來；神木早成矮凳，像紀念館一樣，供人憑弔，不免有些心酸。我突然意會一事，爺爺口中的葉子，可能就是史金的新朋友頁子。

遺忘的書店驚魂記一幕幕重返，我把這件事告訴史金，他驚訝莫名，嘟嘟囔囔：「天底下怎可能有這麼湊巧的事。」

深山裡的冬天，冰雪封凍，非常難熬，史金完全沒有心理準備就被我帶進山。初來乍到簡直凍壞了，上學都得穿上數件厚重的衣服，一層接一層包裹起來宛如雪人，寸步難移。毛內衣、毛外衣，加上衛生褲、圍巾、防寒帽，所有禦寒道具全派上用場，水龍頭流出來的水冰得令人發麻。這種天氣躺著睡覺最舒服了，可是非上課不可，只好用力把冰水往臉上潑，嗞的一聲，惺忪的睡意全消。我們用急行的方式取暖，用來抵擋寒意。

學校離工作室迢迢五公里，得走上一小時。我複製父親的習慣，陪著史金，經由野徑，穿越溪澗，刻意繞過天池，停在石頭屋前，欣賞清晨的第一道曙光，快意的享用早點，大口吸收芬多精與陰離子，氧氣大量吸入心肺之間。

城市中積勞成疾的身體，慢慢恢復正常功能，不再像以前一樣老是病懨懨的，像個肺癆患者。森林成了我的救命恩人，答謝它最好的方式是更賣力巡山。史金有空就來幫忙，是義務的荒野守護員，我們還把山中的新家取名為神木居，爺爺時代它叫做神木工作室。

史金能通樹語，這件事令我的同事嘖嘖稱奇，以為是童言童語，只有我知道那是實話，並非唬人的。他有一種難以言喻的神通，能與樹溝通，讓我更明白樹木的想法。

「樹木直立不動，沒有知覺，沒有想法，沒有反應的，一定是人類長期以來的錯覺？」可是我漸漸相信，它們的確有喜怒哀樂的。

我緩緩調理心境，用心練習與樹的溝通，成績斐然，偶爾覺得樹靈的確潛遁進我的夢裡，攔截我的心思，說上一段樹語。更多的時候會用樹葉的音頻，落葉的形狀，搖擺的姿勢，說明意思。有朝一日，也許我也會有神通咧。

26

巡山員的風險，常人很難想像。我的夥伴收過冥紙，信中夾帶子彈，還請卡車運來棺材，每個人心中全毛毛的，但不為所動。

這件事讓我義憤填膺，反而激起鬥志。神木村民自動編組，輪流巡守，民間環保人士特別捐贈對講機定位儀，好讓我們相互守望，有個照應。

同一時間，偷聽到盜木賊鼠酒後心聲的頁子與奇奇，正急如星火的想把這件事告訴森林保育的人，頁子第一個想起的就是以前認識的巡山員阿冬。

「告訴阿冬！」

「他還記得你嗎？以前你是神木，現在是紙咧，長得很不一樣，怎麼辨呢？」奇奇一臉迷惑，頁子懶得解釋，一把拉起它便往一條熟悉的小路前進。阿冬就是我的爺爺，真不愧是三千歲樹瑞，見多識廣，連那麼老的人都認得。

迷霧的野徑，行走起來格外困難，兩張紙費盡氣力把身體拉升三寸飛行。這樣可就累了，得消耗兩倍的能量，它們不辭辛苦，急急前行，保持離地十公分高低竄動，上上下下，兩張紙快喘不過氣來。

「快、快。」

它們越過泥漿地，矮小的灌木叢，遼闊的草原，涓涓的小澗，石頭屋……終於來到我住的神木居，頁子鐵定無法理解，人本非樹，無法存活千年，我的爺爺阿冬早已過世，我的父親阿丁也於五年前駕鶴西歸，神木工作室的新主人就是敝人在下我了。

山老鼠蠢蠢欲動，幾天來我都超時工作，蹲在黑漆漆的森林中，使用靈敏度極高的夜視鏡頭監視動靜，半夜才返回工作站，疲憊極了。

頁子眼尖得很，一眼就看見我爺爺的手跡——神木工作站，我添了一行小字寫了神木居。這間房子原來是爺爺的工寮，後來經我改建成住家兼工作室，位置奇佳。我搭了露臺，山巒相伴，喝著淡雅清香的綠茶，站在屋前居高臨下，心胸壯闊，有如指揮全局的英雄，立於得天獨厚的露臺，敵人動靜一覽無遺。可是與山老鼠多次對戰，我們卻又統統落居下風，猜想鐵定是內神通外鬼，一點點風吹草動都逃不過山老鼠的耳目，常常徒勞無功。

頁子雀躍，洋洋得意：「住在書裡那麼久，就有一點好處，讀著、讀著便認得一些字了，連神木工作站五個大字，一眼就可辨明。」

奇奇笑得東倒西歪：「有學問的，你剛說成什麼？拜託再唸一遍？」

「神大匚柞站，不對嗎？」

奇奇的腰像柳樹一樣，彎得更厲害，狂笑不止：「讀書的確是很有用啦，可是不包括你喲。」它帶點消遣的意味指正一番：「哎喲，真是木大不分？工匚不分？連作柞也不分咧？」

「請跟我唸，神木工作站。」

頁子惱羞成怒，音頻極高嚷著：「別鬧了，管它怎麼唸，就是這裡，我不會記錯的。」

即使工作站早被我大肆翻修，形狀變了，樣式變了，多了露臺，頁子依然能夠一眼辨識是阿冬的家。頁子在我家門口停下腳步，此刻的我睡成大字形，鼾聲震天，兩張紙一時半刻想不出吵醒我的良策，嘀嘀咕咕苦思。

27

「有了。」

急中生智的它們，突兀的想起在書中讀過，關於岳母刺背的故事。決定以蘆葦當筆，黑泥當墨，在頁子背上寫下一封簡單易懂的，並且圖文並茂的信。

短箋火速寫成，難題跟著來了，如何轉交到我手上？

頁子異想天開，決定叩門。可是一張紙能有多大的力量，怎麼可能把熟睡的我叫醒？它依舊不死心，重重敲了幾次，我不動如山。奇奇更可愛，學貓叫，聲音淒厲，可是我依舊不為所動，繼續夢周公。

「你嘛幫幫忙。」

它們相互調侃，看來只能期待狂風大作，最巧妙的結局是，不偏

不倚落在書桌上。其實，此刻我的腦袋已經清醒，眼睛卻不聽使喚，掙脫不了睡意，昏沉沉的，爬不起身來。皇天不負苦心紙，風在天際飛揚起來，奇奇使盡吃奶的力氣把頁子扶了上來，塞進門縫，利用風勢吹拂進到屋內，頁子順勢在地上滾了七圈，旋轉起來，精準彈射，一如預期，定格在我的書桌上。

我一個翻身，頓了一下，眼睛跟著微微張開，正巧與頁子四目相望，彼此都嚇一大跳。我直覺書桌上的那張紙悄悄動了一下，心想錯覺吧。我掙扎了一會兒，動一動僵化的身體，坐了起來，舒活筋骨。哈了一口氣，伸伸懶腰，戴上老花眼鏡，用手使勁擦擦臉，起身走進廚房沖泡一杯醒腦的烏龍茶，啜飲一口，把它含在口中，呼拉拉漱了幾下，吐進水槽，再度返回書桌坐了下來。

不得了，真的有一張紙平整的躺在書桌上，幾行字，字跡歪歪扭扭的，大意是說：「盜林，國有地，七號標，神木五、七、十一。」

除了文字之外，圖示清楚，這麼明確的資料，讓我不得不信。

我無暇想像誰傳來的預警訊息，但有預感，森林鐵定再度遭逢一場大災難，我必須設法阻止。當場僅存的睡意隨之全消，我趕緊換下睡袍，修修陡長的黑白交錯的鬍子，留下一張給史金的便條，健步如飛往神木村出發。與山老鼠對抗的作戰指揮中心設在我的好朋友，也就是村長達酷的家，他是個帶著熱血的原住民青年，在山林中成長，把樹當成母親，為了守護森林，特別當上村長，一方面保育樹木，另一方面宣揚他的理想。他是當然指揮官，我必須在最短的時間內向他報告這件事，我的速度原本就快，加上心急如焚，更像飛毛腿。頁子直接被我放進口袋之中，緊跟在後的奇奇可慘了，缺乏風的助威，任憑它多會飛，還是跟得上氣接不了下氣。

我的左耳依稀聽見後頭傳來細微的喘息聲，以為有人跟蹤，本能停下好幾次的腳步，側耳聆聽。這個舉動正好提供奇奇趕上我的機

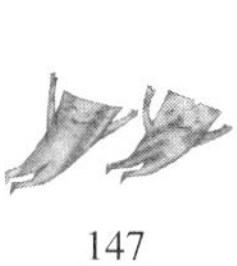

會，彎過幾條山路，村落從朦朧化成清晰出現在眼前。一個箭步，跨進村長家，向達酷報告這件事，他先是露出一臉狐疑，很快就相信，做出決定：「非快不可，否則又將損失幾棵珍貴林木。」

神木是部落的神，等同信仰中心，神木被伐等同於父母被殺，當是凶兆。達酷深知這點，也是憂憤的主因，我學著原住民的腔調：「我們要保護母親的啦！」村長被我突兀的舉措逗笑了，差點岔了氣：「消息準確嗎？」

我粗魯的從口袋裡掏出頁子，攤在桌上：「你瞧這張紙，今天早上醒來時，便在我的書桌上，不知道誰留下的？用意何在？有心人吧，一個關心生態環保的熱血青年……。」

頁子聽得臉紅心跳，從鼻腔裡輕輕彈出笑聲，我很敏感的捕捉到這一瞬間：「這張紙在笑！」

「都什麼時候，還開玩笑。」

「真的，我聽見紙在笑，而且變了一下顏色，有點紅，害羞狀……。」

達酷一臉嚴肅，嘴角禁不住微微抽動一下，偷偷竊笑；「你嘛幫幫忙，趕快集合守護隊的幹部召開緊急會議啦。」

28

史金汗涔涔回到家，準備梳洗，便一眼瞄見我留在書桌上的短信，不由自主焦躁起來。

這一夜異常寧靜，彷彿風暴將來，大夥眉頭深鎖，手心冒出冷汗。濃密的森林旁有一處空地，村民早已集合就緒，這是豐年祭的場地，此時已用乾燥的木柴升起熊熊烈焰。冬天的螢火蟲在幽暗處四處飛舞，閃著微弱光芒，格外有氣氛。好奇的飛鼠偶爾探頭，山羌骨碌骨碌轉著明亮的眼睛想看個究竟，草蟲聲像森巴樂團，和聲優美鳴唱著，用天籟緩和氣氛，可惜我們無暇欣賞，每個人都憂心忡忡。

米旺．阿賢是村中公認的智多星，很多鬼點子，熟讀孫子兵法，十足像個帶兵元帥。多次與山老鼠的戰役都由他領軍，可惜勝少負多，達酷依舊信任的把重要的事全權委由他。

義工陸續趕到，包括義警火仔、熱心的鼎哥、高深莫測的老賴，一個個挨著火源坐下，我緊張得把頁子緊緊握在手中，它更為緊張，深怕我一個不小心，一把怒火上來，把它扔進火堆燒成灰燼。躲在森林一角的奇奇看得心驚膽顫，頻頻傳送樹語，要頁子先跑為妙。一夥人討論激烈，我隨手把它擺在地上，一夥人湊過頭來看，七嘴八舌，嘖嘖稱奇。突然一陣風襲來，頁子被順勢吹走，它慘叫一聲就消失在森林中了，我們全看見內容，就懶得去追頁子了。

村長的臉皺得像風乾的橘子，愁容滿面。他再清楚不過，這群山老鼠是不會客氣的，常用霧彈槍伺候大家，風險極大。

「報警。」

有位義工主張報警，但火仔反對：「不妥、不妥，去年報警，山老鼠全跑光光，還揚言回來報復。」

「他們有勾結？」

「合理懷疑，可是沒有證據就說不上話。我們的行動全在山老鼠掌握之中，逃不出魔掌的，人在暗處，防不勝防，小心為上。」

大夥大聲議論，知無不言：「還有更好辦法嗎？」

「以靜制動，拍照。現在的器材太好用了，只要拍得到盜伐、載運的路線與車號，再不成，開個記者會，不怕不能把他們逮獲。或者尾隨他們，進行攔截，即使沒現場捉到，有這些資料他們也百口莫辯。」

「危險嗎？」

「免不了，可是不早點逮獲他們，就更危險了。」

討論到半夜，村長明快裁示，拍照與攔截並行，見機行事，他並且交代我們：「小心為上。」

29

史金一個人孤獨地走在幽暗漆黑的山徑中，抵達時，我們已接近散會了。大約就在頁子隨風飄了出去的那一刻，史金急驚風似的進到廣場，頁子瞄了他一眼，確定是史金，差一點驚叫出聲。

它同時認出了我，知道我就是書店中被店長誤認該吃藥的那個神經病，史金的出現帶給它們莫名興奮，一路尾隨跟蹤回到神木居。主人阿冬不在了，新主人是我與史金，敏感的它馬上聯想出我們的關係，因為我與父親爺爺長得都像，而兒子也與我長得極像。

「分明是一家人！」

接下來是如何讓史金知道，它們已回到森林了，而且準備與村民一起對抗山老鼠。

「怎麼辦？」

它們記起來了，史金懂得樹語，以前可能是路程遙遠接收不到訊號，現在距離這麼近，理論上一定收得到消息，決定試一試。

當天回到家已經很晚了，我催促史金快快睡覺，他二話不說，倒頭就進到夢鄉，找周公去了。山上的教育比起城市好多了，功課很少，快樂很多，睡意很濃，看來歸隱山林是正確的抉擇。

樹語在夜空中奪命連環叩，可惜史金睡熟了，一點也沒有回應。兩張紙的眼睛愈來愈澀，接著迷迷糊糊睡著了。醒來時史金已上學去了，它們依著氣味飛行了五公里，趕到山中小學。

頁子抓緊時間，再度狂叩樹語：

「我是頁子，與奇奇回到山林了，就在你家附近，你爸爸手上的那張字條就是我們寫的，請聯絡。」

史金早未再用樹語，呆愣了幾分鐘，對著截收到的訊息發愁。半想半猜大約記得六七成，知道來意，欣喜若狂用生硬的樹語回覆：

「真的嗎？你們在哪裡？」

「抬頭，左側四十五度角，就可以看見了。」

史金猛一轉頭，果真看見氣喘噓噓的兩張紙，活生生出現在他的視線之中。

頁子與奇奇沒錯，依舊老樣子。

書店的好朋友在陌生的荒野中巧遇，實在喜出望外，恍如隔世，兩紙一人鼻頭一酸，再也無法自抑的哭了出來。

「這是真的嗎？」

史金用力捏了頁子，痛得它哇哇大叫，看來的確不是夢境。奇奇也捏捏長得肉肉的史金，說他入山以來好像變得心寬體胖了，很快的，它們就切入主題。

「神木村的人有辦法逮住山老鼠嗎？」

「不知道，但，希望可以馬到成功。」

追捕山老鼠的懸賞金儘管提高三倍仍毫無作用，令人非常扼腕，我們發誓非逮捕這批喪心病狂的傢伙不成。

他的導師沙路也是守護隊的成員之一，聽史金報告這件事，正義感催促，帶著班上僅有的三名學生一起參與。這些孩子高興極了，可以不用上課，又參加這麼有意義的森林救援，當是永生難忘。

時間分秒流逝，山老鼠依舊沉得住氣，森林中毫無動靜。達酷村長有些心急：「消息會不會有誤？會不會走漏風聲？」

說實話我也擔心，單憑一張紙，沒有任何佐證，就勞師動眾，未免過於輕率，也許真是烏龍一場。

「應該不會吧。」

我答得非常心虛，身旁的史金卻很有把握，斬釘截鐵告訴我：

「肯定不會。」

我不由自主回看他一眼：「你肯定？」

史金微微點頭，拍拍我的肩膀：「安啦，頁子不會錯的。」

他說得如此確定，可是我聽得莫名其妙。

「頁子？」

我忽而想起來了，史金住在書店時的紙朋友，但與它何干呢？

關於頁子的可信度，奇奇非常有意見。它知道頁子聽錯的經驗多如牛毛，有一回，店長大聲嚷著打烊，它二話不說，就往新來的小洋的臉上打了過去，原來它把打烊意會成「打洋」了。另一回，颱風之後書籍大折扣，它也被打折兩個字嚇得躲起來，心裡想，紙被打折，不就成了麻花了，夜裡卯起來哭。這些烏龍事，成了群紙的笑柄。再聽錯一次，或者會錯意一回，恐怕也非不可能。

頁子轉頭白了奇奇一眼，很俏皮的，把一字一句彈進它的耳朵：

「這次一定不會錯的，大鬍子的聲音帶著砍伐的味道，口氣簡直與上

回一模一樣。」

然後面帶正色指著奇奇：「不要質疑我的智慧。」

奇奇發噱：「是，哦，我從無否定，而是正面肯定你的智慧啦。」

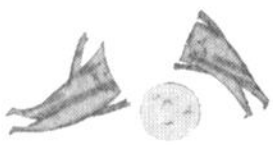

30

氣氛詭譎，時間在恐怖中分分秒秒悠悠流逝，接下來會有什麼大事發生？無人猜得準。

此刻的頁子抽搐了幾下，頭晃得厲害，彷彿扶乩，再度出現幻景，可是影像模糊。隱約之間，靈光閃過告密者的影子，好像是一位年輕人，私會的地方正好選在當時仍是神木時的葉子身旁。急先鋒似的上山，趁著濃霧未散，密會大鬍子，附耳說些悄悄話。大鬍子交給他一個大信封，長長的，用綠草鑲嵌，圓圈圈捆起來，新潮的樣式，裡頭塞滿了錢。

山上烏雲密布，聚攏起來，滂沱大雨瞬間狂襲地表，發出爆破的聲響。我明白山老鼠最愛這種天氣，它是出征的最好時機，我的順風

耳，清楚聽見千里之外的聲音，一絲小音響也逃不過。

「有動靜了！」

我是聲音獵人，馬上可以定出位置，告訴村長。

踩踏乾枯樹葉上發出的音響，穿過風，從泥土的地表，清晰傳進我的耳朵。

「行動了。」

村長不敢置信：「天才剛黑，就敢行動。」

「出其不意吧。」

頁子對自己的成語註解得意忘形。

山老鼠在電鋸上加裝消音器，讓聲音聽起來更朦朧，不太清楚，恍若悶雷，但就是無法欺瞞我的耳朵。我不止耳朵靈，鼻子也靈，檜木的身體被重機具劃開，逼人的香氣隨風飄揚過來，連香味都帶有一絲哀愁。史金同時聞到了，頁子對於自身的氣味非常敏感，何況這一回還夾雜帶點死亡訊息，它的淚水止不住滂沱而下。

「這些香味不知是多少檜木換來的？」

我雖然有些感傷，因而想起一些事，可是很快就進入備戰狀態，悶響再度傳來，我定出了經緯度，順手一指：「就在那裡。」

電鋸聲從東南西北吱吱吱狂叫起來，整個山林轟隆隆震動著。我皺起眉頭，望著星空，長嘆一口氣。這可能是平生最難應付的一次戰役，必須提起勇氣，百分百的道德感才行。於是我舉起對講機，把消息告訴村長，並且直接與縣警局聯絡上了，請求在山老鼠行經的路上守株待兔。

我囑咐史金與他的兩個同窗小朋友一起堅守剛剛設立的行動中心，勿輕舉妄動，太危險了。他表面上言聽計從，私底下卻與頁子、奇奇密謀另一項奇襲計畫。

兩個小朋友以為這是一次有趣的遊戲，在行動中心玩了起來。史金少年老成正色的提出警告，強調這是一次有意義的行動，可以留名青史的。小朋友依舊覺得可笑，尤其當史金與頁子、奇奇用樹語溝通時，他們更是覺得史金玩得過火了，分明是演戲咧，不過隨著事情的急劇演變，他們慢慢安靜了下來。

頁子提議一個更大膽行動：「利用樹語組織一支綠樹義勇軍。」

「綠樹義勇軍？」

史金聞所未聞，奇奇更驚奇，頁子費勁解釋典故的來龍去脈。它說，綠樹義勇軍是樹界先知發明的抗人部隊，二千多年前使用過一次，對抗大規模的人類砍伐行為，以前還管用。但最近百年，人類發明轉動速度極快的電鋸之後便派不上用場了，這個名詞都快從樹界消失，這次被頁子提及，顯得格外具有意義，至少代表著樹的團結時代來臨了。

頁子擔綱任務，發送三千歲樹瑞才擁有的權力樹語——「神木祕語」——————，立刻得到熱情的回應：☺☺☺💣💣💣，三個笑臉，兩發鞭炮，即使不懂樹語的也能明白，那是普天同慶的意思。

報名願意參加綠樹義勇軍的樹勇士如雪片飛來，大約有近百棵樹準備捨身取義，實踐英勇行為。它們絕對明白，樹倒了，代表命也就毀了，但是一株株樹都顯得義無反顧，此一義行，令頁子與奇奇由衷感佩。

義勇軍未必驍勇善戰，但棵棵見義勇為，對森林有責任心，這一點足堪當人的模範。

奇奇的工作是製作山老鼠的路徑模擬圖，發送一組圖文並茂的樹語——

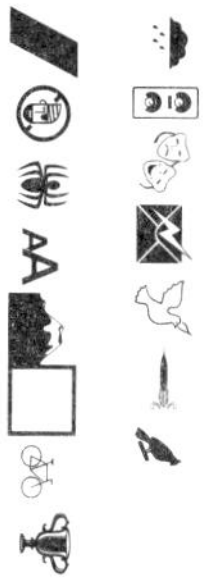

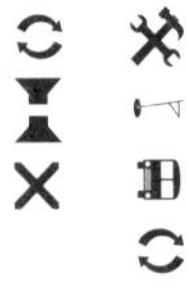

大意是說：

山老鼠出發了，大卡車載運，大樹聽命，伺機攔截。

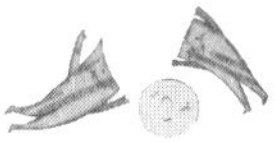

31

我所躲藏的地方樹蔭極為濃密，連月光都穿不透，山老鼠難以窺見我的行跡，可是萬一不小心踩空可是會掉進險境。我小心翼翼踩踏每一步，仍舊一個不慎，腳底濕滑，踉蹌滑下斜坡，人飛也似的衝了出去，滾了幾圈，本能大叫出聲，回聲在山谷中悠悠傳了開來。正巧此刻山老鼠的電鋸停了下來，林內空曠，耳尖的山老鼠馬上查覺，派了三人一組朝我走來。

「這下慘了。」

我心裡暗自叫苦，知道山老鼠一定會找上門來，腳步聲迫近，伴著掠過雜草的沙沙聲，格外刺耳。我順勢撿起一截手臂粗的樹枝當防衛品武器，緊緊握在手上。暗處裡出現人影，霧彈槍上膛，他們眼光銳利，四方搜巡，用力撥開草叢，向我的藏身地逼近。不跑不行了，我拔腿就奔，山老鼠聽見草叢中的聲響，轉身對我喊了幾聲，喝令停住，並且朝我奔跑的方向開了一槍，聲音劃破寂靜夜空，發出悶響。

我摸黑死命狂奔，山老鼠緊追在後，在風聲中狠狠的補上第二槍、第三槍。村長聽見槍聲，明白出事了，邀集所有人，趕快馳援。我的腎上腺素被嚇得激增，恍若武俠小說裡的輕功高手，雙腳用力擺盪，飛簷走壁似的，凌空草上，滾了幾圈之後，躍進山溝，小心翼翼用對講機跟村長聯絡報平安。村長鬆一口氣，直說：「沒事就好，別輕舉妄動，我們馬上趕來。」

同一時間，山老鼠知道事跡敗露，立刻收拾機具停工，把已經鋸斷的紅檜木截成數段，分裝吊上車，火速開車駛離。

縣警察局長接獲報告準備行動，村長把人員分成三路縱隊，負責包抄，他自己帶了一路小隊員抄小徑，冒險跋涉，在寒風瑟瑟中挺進。濕滑的野徑，讓他們吃盡苦頭，各個摔得人仰馬翻，身上全是累累的刮痕。捷徑還真管用，他們比山老鼠早一刻抵達省道，設下攔截點，撒上犀利的雞爪釘，來個守株待兔。

村長也是順風耳，能耐特殊，趴在地上傾聽，就能辨明車輛的速度、時間與距離，他聽了一分鐘起身：「來了。」

同一時間，他們往後撤了幾公里，設下第二波攔截點，靜靜等候佳音，可是五分鐘、十分鐘、二十分鐘，大約超過半小時了，車隊怎麼還沒抵達呢？

原先估算不出十五分鐘，山老鼠便會落入雞爪釘陷阱，可是前方遲遲未有回報，難道……，他趕緊用對講機與守候的義工聯絡，得到的消息令人沮喪，車隊彎進另一條偏僻的產業道路逃逸了。

怎麼會這樣？

村長心照不宣，知是內奸告密，但，是誰呢？

32

苦思不得對策的村長，只好加足馬力開車狂追，準備見機行事，正巧看見眼前的這幕奇蹟，趕緊電告警網支援。山老鼠仍做困獸之鬥，咔喳一聲，霧彈槍快速上膛；垂死的綠樹噴出一道集合精氣神魂的乳白色、黏稠的汁液，把人與槍沾黏在一起，根本發射不了子彈，這個動作無疑是同歸於盡，壯烈成仁。

警方同時趕到，對空鳴槍，山老鼠紛紛跳車逃逸，義勇軍的黏液發揮效用，阻止他們的逃逸，一舉成擒，九人全落網。勾結者現蹤，原來是嗜賭成性的小吉，為了清還債務，鋌而走險，與他私交甚篤的村長難受極了。

我在暗夜的野徑中狂奔，並未覺得異狀，克盡全功後才猛然覺得

抽痛，結果手腳骨折，肩膀些微脫臼，必須開刀治療，可能得在醫院住上一段時日。莫非這是天意，預告我無緣當個山林野人，村長建議我下山治療，免生後遺症。正巧有一個著名的民間團體，荒野保護協會寫了一封很有誘惑力、動人肺腑的長信，力邀我下山當他們的夥伴。這個團體我欣賞極了，有些志同道合的朋友，盛情令人心動，陷入天人交戰。

村長說我立了首功，只是我心知肚明，真正的立功者是兩張紙，還有我的兒子史金與他的兩個玩樂的朋友。傳說中的兩張紙，終於在我眼前現蹤，一前一後，害羞站著。我瞪大眼睛，左顧右盼，的確是紙，如假包換，彩色的圖文並茂，它們就是我在書店一閃而過，很像幽靈的紙。

「鬼故事？」

「童言童語？」

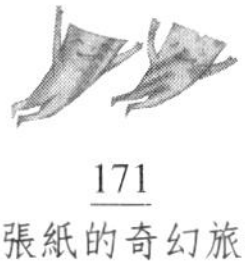

「原來都是真的。」

我喃喃自語，顧不得手腳疼痛，微微起身，誠意致謝。它們靦腆的，回眸一笑，直說沒什麼。

返鄉之旅成了驚魂記，倒是始料所未及的，頁子與奇奇替森林立下汗馬功勞，當居首功。就在此刻，頁子湊巧轉身，被我窺見背上的字，原來告密信是它們的傑作，我該建議警察局頒獎給它們，而非我。

可是這個念頭馬上打住，萬一說出來，誰會信？

這麼一來，我住的就非一般病房，而是精神病院了。

「回家！」

「回家？」

史金聽見此話直墜五里霧中，它們已經回到森林的家，紙的故鄉，怎麼還要回家呢？頁子清楚得很，它的家已非森林，紙是無法適應這裡的濕度，雨林的氣候，肯定會罹患風濕症，全身痠軟起來，久一點恐怕會變成紙漿。

兩張紙決定重返書店，這也牽動史金的心思，與我談起回城的可能性。我的思緒再度被撩撥開來，也許等開完刀，我會考慮重返紅塵。

此刻，我心中大約已做了抉擇，但依舊犯嘀咕，好不容易離開紅塵，返回山林，怎麼又得再度返紅塵呢？

「飛吧！」

史金想出一個遊戲：「比比看，誰先到城市？」

頁子與奇奇同意這個玩法，史金像放風箏一樣，舉起頁子、奇奇，猛一鬆手，兩張紙順勢飛了起來，盤旋拉高，直上天際，很快就達數百公尺了。

它們東行七公里後，筆直北飛，目標書店。這回的心情遠比來的時候輕鬆多了，也比以前順利。頁子心花怒放，玩起花式飛行，在空中翻轉，擺盪，倒飛，側面打轉，平行飛行再垂直拉起，高難度的動作前所未見，奇奇看得目瞪口呆，如此高明的飛行技巧，誰教的？

花式飛行，恐怖吔！

頁子據實以告：「出發之前，新到書店報到的小花偷偷教了我幾招，以備不時之需。它的家就是暢銷書《花式飛行》，這是一本翻譯的書，作者是一名國外的飛行特技表演者，小花懂得一些訣竅，惡補

三天，本來以為派不上用場，沒想到……。」

「你到底還有什麼祕密隱瞞著我？」

頁子面對突來的變臉盤問嚇了一跳，趕忙說：「沒有了，沒有了。」

奇奇同一時間大方秀出新的飛行技術，原來它也留一手。快速爬升，垂直滑降，旋轉三百六十度，時高時低，忽快忽慢，有如蜻蜓，頁子大為驚嘆，聲音激昂問道：「你到底藏了多少祕密？」

從天空俯瞰，大地美極了，奇奇在風中浮沉，享受貼臉而過的風的溫柔。頁子不發一語，突然轉向，偏西北飛行，與規劃的路線明顯有出入。奇奇出言阻止，大喊：「錯了啦！」但風聲太大，聽不清楚，它改用樹語，卻接收不了。

很快便聞到一股濃烈的檜木香氣，直逼腦門。它們快速垂降、俯衝二百公尺，發現一截被攔腰截斷的大樹出現在眼簾，頁子淚如雨下。

奇奇趕忙問道：「怎麼了？」

頁子用手比了比下方，語氣哽咽：「那是我！」

神木葉子生前如此巨大，推估有六十公尺高，二、三十人才能環抱，肯定是神木中的神木了。

「這裡原來是千年檜木林，美得不得了，而今……。」

頁子話鋒一轉：「以前的森林可熱鬧哩，花鳥合唱，蟲蟬共譜，現在呀？冷冷……清清咧。」

站在天際線上回首森林，感嘆更深，不見多好，至少可以保留原先的美好。

頁子長嘆一口氣：「山老鼠逮著了，可是山林依舊變了樣，一棵棵原本青翠蓊鬱的大樹，都成了矮凳族。枝幹製成昂貴的家具，樹身是典藏品，剩下的部位，被製作成各式各樣的藝品。山林光禿一片，可想而知，原始森林的死傷有多慘重，這是一場戰役，但，樹木根本沒有贏的空間！」

頁子忍住傷心，示意奇奇，走吧。

目標：書店。

目的：當一張教化人心的紙。

理想：演一段精彩人生。

mation they
to the bus. He
"I will kill you if
familiar to me
pay, one risked
money had their watches
them. Whenever we were
start reciting prayers that I
about four in the
with the
boys in
woman to step
money from
from people who
to leave his own
the money.
but I couldn't argue.
fficers were asking

ent the people back to d

ans nose who couldn't pay

searched people. They

There were a few co

On the right, m

eral pole s

o anoth uented gu

ldiers stood by were un

ched the same. Jeeps wid

checkpoints and the soldie

up. In over fifty miles

was ing for the right bus to

here as well. The bus w

o na ya so me p

lf on a Wi

et, Please?

大樹圖鑑

盜林、國有地
七號標
神木五、七、十

接下來要

小小的
就這

34

這段期間，每紙張都因頁子、奇奇的遠行而顯得失魂落魄，晚上根本無法像以往一樣興致勃勃，約會停擺，各個憂愁、悒悶，不愉悅的心情瀰漫，像流行病一樣感染所有的紙。

它們輪流發送樹語——

「ШΛ≡~ɓ[I]，」

快回來吧。

「🔔⟲🔑⏏⚲」

聽見我們的呼喚嗎？

「☛☝📼ॐ🗑✕⁂」

這是著名詞人李清照的詞，應該譯成：剪不斷理還亂，可是用在思念頁子、奇奇，感覺上有些怪怪的，這也怪不了它們，紙與人終究有些不同，很難精準理解人類的造詞與用法。

第一組發了九篇，沒有任何回音，失望極了，擔心會不會出事？會不會被風颳走落入水中？會不會被人撿去包油條？各種蜚短流長的傳言在紙間傳開。

輪到第二組發送——

「☹❄✠☾☜」

死都要給我滾回來。

小桃的思念語太像人了，其他的紙拚命搖頭，建議它不可以太像人。

「🕮☎✈😐♉」

電話不通，飛機不達，笑不出來，你們還要怎樣嘛？

最後輪到老樟，文謅謅的：

紙張們多如牛毛的提問，頁子與奇奇始終帶笑不厭其煩說明，那一夜，掌聲、驚嘆聲連連。頁子決定傳授神木祕語，親身授課，它利用人類的造字方式，形聲、會意、轉注、假借，慢慢加入了氣味的使用，韻律的鋪陳，還有聲波的遞送……紙張們學得起勁，夜裡的書店變得熱鬧非凡。朗朗的讀書聲，破窗射出，凌空飛渡，每一張紙都很勤奮的學習神木祕語。

頁子充分感受到做為一張紙的價值了，奇奇重新定位自己，它是飛行教授，老樟充當助理教授，課餘之暇，教授運動體能。它嚴格規定，每張紙在上完神木祕語課後，得再上一堂體能課，並且用飛的返航書中。紙張們玩得開心，閉上眼，全在想像一趟自己的飛行。

店長用心的把書店的一角布置得像學堂，並且刻意讓書坊提早一小時關門，好讓史金教紙張關於人類的新知識。

我的確傷得不輕，手腕斷成三節，非得好好休養不可，史金總在第一時間向我報告書店的進度，並且找機會教我神木祕語。

每天晚上，紙張們都在書店練習，而我則在病房中勤練。

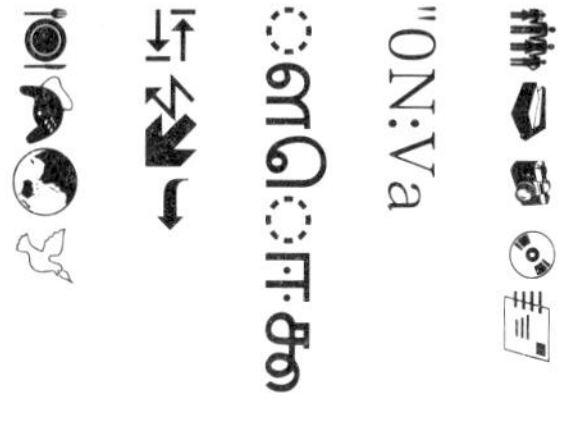

其實滿難學的，畢竟樹語是樹木的語言，神木祕語則是神木的專用語，我是人，學習起來格外困難。可是不服輸的個性使然，成績斐然，史金反倒因而憂心忡忡，怕我繼續勤練，有一天與植物合體，成為植物人。

更慘的是，連動都不動，成為神木？

哎！
這孩子，老是胡思亂想，盡說些有的沒的。

九歌少兒書房 204

一張紙的奇幻旅程

著者　游乾桂
繪者　吳嘉鴻
責任編輯　鍾欣純
發行人　蔡文甫
出版發行　九歌出版社有限公司
台北市105八德路3段12巷57弄40號
電話／02-25776564・傳真／02-25789205
郵政劃撥／0112295-1
九歌文學網　www.chiuko.com.tw
印刷　晨捷印製股份有限公司
法律顧問　龍躍天律師・蕭雄淋律師・董安丹律師
初版　2011年10月
初版 8 印　2023年 8月
定價　260元

書號　0170199
ISBN　978-957-444-790-9
（缺頁、破損或裝訂錯誤，請寄回本公司更換）

國家圖書館出版品預行編目資料

一張紙的奇幻旅程 / 游乾桂著 ; 吳嘉鴻
圖. -- 初版. -- 臺北市 : 九歌, 民100.10
面 ;　公分. -- (九歌少兒書房 ; 204)
ISBN 978-957-444-790-9(平裝)

859.6　　100016824